이야기와 소리로 만나는

전태일

이야기와 소리로 만나는

전태일

이시백+임진택

도서출판 b

| 차 례 |

5

얼쑤! 전태일

이수호 (전태일재단 이사장)

전태일 열사 분신 항거 50주년을 맞은 올해 나만큼 바쁜 사람도 없어 보입니다. 나이가 일흔이 넘었으면 발걸음도 줄이고 말도 삼가고 그저 지갑이나 가끔 열면 될 텐데, 뭔 주제에 잘난 척하며 전태일과 동갑을 핑계로 노동운동의 마지막 봉사니 어쩌니 하면서 전태일재단 이사장 자리를 맡았으니 매를 자초한 일이어서 누구 원망도 못 하고 내 탓이지 내 탓이지 하고 씨부렁거리며 사는 요즘입니다.

주로 하는 일이란 게 무슨 관련 모임이나 행사에 참석해서 인사말 한마디하고 앞에 앉아 벌서는 일이나, 행사와 관련된 각종 인쇄물에 인사말을 쓰거나 발행되는 책에 머리말이

나 추천사를 쓰는 일인데, 올해 50주기에 웬 행사가 그리도 많은지 찾아다니는 것만도 허겁지겁입니다. 50주기를 기념해서 낸 책도 열 권이 넘고 추천사 쓴 것만 해도 엄청나서 이래저래 쓴 글을 모아서 책을 내도 한 권 분량은 충분히 될 것 같습니다.

이 와중에 <판소리 전태일>을 무대에 올린다 해서 '참 멋지고 대단하다' 생각하고 기대 만발하여 시연을 봤더니 정말 기대 이상으로 가슴이 쿵쾅거리고 피가 뜨거워지는 것 같아 "역시 우리 전통 형식과 가락 속에 우리 정서가 녹아 있구나." 감탄했지요.

거기서 끝났더라면 나는 얼마나 신나고 가벼웠을까요. 자리를 털고 일어서는데 이시백 작가가 반갑게 다가와 오늘 선보인 판소리 대본과 자기가 쓴 소리소설 「전태일전」을 묶어 책으로 내기로 했는데 나더러 발문을 써달라는 것이었습니다. 또 뒤통수를 한 대 맞은 기분이었습니다. 책의 서문이나 추천사는 어쩔 수 없이 많이 썼는데 발문은 처음이라 "이건 또 뭐지?" 했지만 이미 때는 늦었습니다. 이시백의 요청을 거절할 수 없는 관계와 형편을 그도 나도 알고 있었으니까요.

이시백은 나처럼 국어교사였지요. 아이들의 성장을 도와 꿈을 이루게 하고 자신의 꿈도 이루려 했던 선생이었지요. 그런데 교육현장의 현실은 그렇지 않아 교육운동에 나선 듯합니다. 그런데 그때도 내가 잘난 척하며 앞자리에 있었으니 나에 대한 기대와 원망이 얼마나 컸겠습니까? 그래서 나는 후배들에게 언제나 죄인이고 빚진 자일 수밖에 없습니다. 그런 이시백의 요청을 어찌 감히 거절할 수 있겠습니까?

그런데 문제는 '발문'이었습니다. 사전도 뒤져보고 다른 사람 쓴 발문도 보고 하면서 깨달은 것은 작품과 관련된 이런저런 얘기를 책의 앞이 아니라 뒤에 싣는 것이었고 뒤에 실으니 자연스럽게 대부분 읽지 않는다는 사실도 눈치 채고 큰 부담 없이 소리하듯 주절주절하면 되겠구나 하고 그렇게 써 내려가고 있습니다.

그러고 보니 스스로 소리소설이라 이름 붙인 「전태일전」이나 시대의 명창 임진택의 창작 <판소리 전태일>도 어찌 보면 대단한 구랏발의 소산입니다. '구라'는 거침없이 내뱉는 걸쭉한 입담이지만 그 속에는 풍자, 해학, 과장 등에다 거짓말까지 양념으로 버무려져 있어서 잘 비벼진 비빔밥처럼 오묘한 맛이 나지요. 명창 임진택이 대학 시절 경찰에 연행되어 구치소에 갔을 때 잡범들과 어울려 자기소개를 하며 당시 최고의 구랏발 시였던 김지하의 「소리내력」을 외워 멋지게 읊었더니 심지어는 그걸 듣던 도둑놈이 훌쩍거리며 "이거 내 얘긴데요" 하며 감동했다더군요. 이걸 보고 임진택은 '아, 이런 게 판소리구나!' 하고 무릎을 쳤던 것 아닌가 싶어요.

나도 구라라면 일가견이 있죠. 젊은 시절 신일고등학교에서 선생 노릇할 때 같이 국어를 가르치던 3총사가 있었지요. 영화평론을 하던 변인식, 소설가(뒤에 영화감독)였던 이창동, 그리고 나였는데 군사정권 시절인 데다 최악의 교육환경에서 엉터리 교과서로 수업을 하자니 얼마나 힘들었겠어요. 그래서 수업시간에 교과서 진도 대신 다른 얘기를 잘하는 세 명으로 학생들 사이에는 제법 유명했지요. 그런데 어느 학급에서 누가 구라가 제일 센가 투표를 해봤대요. 그런데 놀랍게도 내가 우승을 했다는 것 아닙니까. 지금은 이렇게 점잖고 얌전하지만요.

이시백도 구라라면 뒤지지 않죠. 학교에서 나와 본격적으로 소설을 썼죠. 주로 농사꾼이나 노동자들에 대해 썼는데 그 구수함이나 쾌쾌함이 마치 초가집 아랫목에 묻어둔 청국장이나 막걸리 익는 냄새였지요. 실제 시골로 내려가

농사를 지으며 그 애환을 구라로 풀어냈는데 멧돼지나 고라니는 도저히 당해낼 수도 없고 그렇다고 야생동물들과 사생결단할 수도 없어서 난감하다며 혀를 내두르는 모습이 안타깝기도 합니다. 그런데 이런 이시백이 어찌 전태일 얘기를 소리소설이란 입담으로 풀어냈는지 자세한 내력은 알 수 없으나 아마도 임진택 명창의 판소리 작업에 밑자리를 까는 수고를 기꺼이 감당했으리라는 심증이 갑니다. 다만 이렇든 저렇든 전태일이라고 하니까 눈이 번쩍했을 것이고 50주기에 나도 무엇인가 해야 하는데 하는 마음으로 불나비처럼 뛰어든 것은 분명한 것 같습니다.

그렇습니다. 우리는 전태일이라면 항상 숙연해지고 마음이 저려옵니다. 꽃다운 스물두 살 나이에 하나밖에 없는 가장 귀한 것을 더 필요한 남을 위해 바친 그 순결하고 숭고한 마음과 실천이 한없이 존경스럽기도 하지만, 같은 시대를 살아왔던 우리들에겐 언제나 마음의 빚이었지요.

임진택도 그랬던 것 같습니다. 그가 시대의 소리꾼으로 자리를 잡아가면서 많은 창작판소리를 만들면서도 마음 한구석에서 어린 시다들에게 풀빵을 나누어주며 미소 짓고 있는 태일이의 얼굴이나, 자기를 태워 불꽃이 되어 "내 죽음을 헛되이 말라!"던 외침을 보며 들으며 살아왔으니까요. 내가 전태일재단에서 일하게 됐다는 얘기를 했을 때도 임진택은 전태일을 꼭 판소리로 부활시키겠다고 공언을 했으니까요. 그 꿈이 전태일 50주기에 이루어지게 돼서 너무나 기쁩니다.

임진택에게는 아직도 남은 꿈이 있습니다. 전태일의 뒤를 이어 노동자의 어머니로 산 이소선을 판소리로 만드는 일입니다. 그래서 올해 막을 올리는 <판소리 전태일>은 어쩌면 1부에 해당한다고 보아야 할 것입니다. 내년 이소선 어머니 10주기에 맞춰 2부가 완성되면 그의 전태일에 대한 오랜 숙제는 끝나게 될 것입니다. 마음의 빚도 없어져서 몸도 가벼워지고 더 건강해지리라 믿습니다.

이번에 이 작업을 위해 많은 분들이 임진택과 함께했는데, 전태일과 같은 시기에 활동했던 분들이나 또는 그 후배들이 같이 거들고 또 출연해서 큰 보탬이 됐고 현대자동차노조나 기아자동차노조도 조합원들과 함께 참여하며 재정적 뒷받침까지 해 줘서 큰 힘이 됐습니다.

판소리는 소리로 이루어지는 것이고 '판'이 말하듯이 현장성이 생명입니다. 창자와 청자가 한 덩어리가 되어 주거니 받거니 하며 같이 울고 웃고 즐기는 것인데 무대(마당, 판)의 한계와 더욱이나 올해처럼 코로나19의 재난 속에서는 제약이 불가피해서 어려움이 많을 수밖에 없습니다.

마침 그 보완의 역할로 <판소리 전태일>의 대본을 책으로 출판하게 되어 크게 다행입니다. 밑그림을 그린 이시백의 소리소설 「전태일전」과 임진택의 판소리 대본 <판소리 전태일>을 비교해가며 읽는 재미도 쏠쏠하거니와 임진택의 대본은 판소리 기법만 조금 이해하면 혼자서라도 흥얼거릴 수 있도록 친절하게 기술돼 있어 한 번씩 도전해보는 맛도 괜찮을 것 같습니다.

내친김에 이 소리소설과 판소리 대본의 바탕인 『전태일 평전』도 다시 한 번 읽는 기회를 만들어보시기 바랍니다. 조영래 변호사의 『전태일 평전』은 이미 스테디셀러가 된 고전 중의 고전인데, 이번 전태일 50주기를 맞아 청소년들도 읽기 쉽게 새로 개정판을 냈습니다. 또 새로운 평전에 해당하는 송필경의 『왜 전태일인가?』나 최재영의 『전태일 실록』을 비롯하여 많은 전태일 관련 책들이 나와서 전태일을 바라보는 시야를 새롭게 넓혀주고 있습니다.

부디 이런 모든 일들을 통해 50년 전 "근로기준법을 준수하라!" "우리는 기계가 아니다, 일요일은 쉬게 하라!" "노동자를 혹사하지 말라!"라고 외치며 분신 항거한 전태일의 삶과 정신을 오늘에 살려 우리 노동자와 민중의 삶이 나아지고, 우리 사회가 올바른 방향으로 한 걸음 나아가는 계기를 만들어갔으면 좋겠습니다.

전태일의 뜻을 기억에 새기는 작업

임진택

50년 전, 전태일이라는 청계천 평화시장 젊은 노동자가 자신의 몸을 불살라 우리 사회 불평등과 불공정을 폭로하고 만인의 생존권을 선언한 그때, 나는 그곳에서 멀지 않은 동숭동 서울대학교 문리과대학 2학년생이었다. 나는 연극 회실에서 어떤 작품의 연습을 하고 있다가 운동권 학생 몇몇이 급히 뛰어다니며 외치는 소리를 들었다. "평화시장에서 노동자가 분신했다. 모두들 나와 그리로 가자."

나는 그때 그곳으로 달려가지 못했다. 나는 다만 그 상황을 소재로 삼아 어떤 연극을 하나 만들고 싶다는 충동을 느꼈을 뿐이다. 그 연극은 이런 것이었다. "어떤 극단의

단원들이 민중봉기를 주제로 하는 작품의 공연을 앞두고 마지막 연습을 하고 있는데, 밖에서 실제로 민중봉기가 일어났다. 이때 단원들은 밖으로 뛰쳐나가 봉기에 참여해야 하는가, 아니면 공연을 완성하여 보여줌으로써 관객들로 하여금 봉기에 참여하도록 고무해야 하는가?" 말하자면 당시 나의 수준은 '예술의 사회 참여'에 대한 관념적인 고민 정도에 머물러 있었던 것이다.

하지만 전태일 형의 분신이 있은 후 우리 사회에는 이른바 '노학연대'라는 활동 개념이 생겨났고, 선구적인 문화패들이 있어 '노동자문화운동'이라는 또 다른 영역을 개척함으로써, 1979년 그 견고하던 유신독재의 아성을 무너뜨리는 데 일조하였음은 주지의 사실이다.

기억에서 점차 멀어져가던 전태일이라는 이름이 다시금 우리의 마음속에 또렷하게 새겨진 것은 조영래 형이 쓴 『전태일 평전』 덕분이다. 군사독재정권의 폭압 하에서 갖은 핍박을 받으면서 우리 손에 전해진 '어느 청년 노동자의 삶과 죽음'에 관한 기록은 실로 감동적이었다. 조영래가 없었다면 전태일이라는 인물이 이렇게 살아날 수 있었을까 생각될 정도로, 그가 쓴 평전은 묻혀 있던 한 인물의 형체를 놀랍도록 생생하게 복원시켜 놓았다.

『전태일 평전』을 읽고 나서 나는 이 이야기를 '판소리로 만들고 싶다'는 생각을 하게 되었는데, 그 후 전태일 형이 직접 남긴 일기와 수기, 편지 등을 접하면서 받은 충격적인 감동은 판소리를 단순히 '만드는' 정도를 넘어 '판소리로 새겨 놓겠다'는 충동이 생겨나게 했다. 앞서 나는 '형체 복원'이라는 고고학적 용어를 등장시켰거니와, '새긴다'라는 공예나 판화에서나 사용하는 미술 용어로도 표현했다. 노래를 '부르는' 수준을 넘어, 그림을 '그리는' 정도를 넘어, 소리로 '새긴다'는 것은 우리의 머릿속에, 마음속에, 우리의 기억 속에 각인(刻印)시킨다는 뜻이다. 나는 전태일 형의 삶과 죽음의 의미를 더욱 깊이 '새겨서' 세상에 더 널리 전하고 후대에 남기기 위해 판소리라는 양식을 선택한 것이다.

전태일 형이 남긴 편지와 수기, 일기 등 원자료를 그대로 접한 나는 그 내용은 물론 맞춤법도 맞지 않는 글씨체로 인해 더욱 가슴이 뭉클해짐을 느끼곤 했다. 고등공민학교를 겨우 1년 남짓 다니다 만 그가 치열하게 고뇌하고 찾아내어 끝내 결단에 이른 그 생각들은 주입식 지식과는 차원이 다른 스스로의 깨우침이요 사상이며 정신이었다. 그는 자신

의 생각과 포부를 초보적인 소설 형식으로도 써놓았는가
하면 심지어는 희곡 형태로도 시도해놓았다. 그가 살아
이 분야에서 활동했다면 아마 대단한 작가가 되었으리라.
아니, 그가 구상한 '태일피복공장' 설계서를 보면, 그는
어떤 기업인보다도 뛰어난 대단한 '사회적 기업가'가 될
수 있는 탁월한 능력까지도 갖고 있었다.

　허나 재단사로서 마음만 먹으면 얼마든지 신분 상승을
꾀할 수 있었던 그가 자신의 영달보다는 참혹한 현실에
허덕이는 시다와 미싱사들의 근로 조건 개선을 위해 목숨을
바친 것이야말로 그의 어떠한 능력보다 훨씬 값진 염력念力
임을 우리는 뼈저리게 되새기고 있다. 그가 남긴 편지 또는
수기의 내용 중 '나를 아는 모든 나와 나를 모르는 모든
나에게 보내는 편지'와 '삼각산 산정山頂에서의 결단'은 너무
도 충격적인 감동을 주는 유언인지라, 나는 이 두 대목을
한 글자도 빼지 않고 그대로 소리로 새겨놓기로 하였다.
특히 그가 분신하기 1년 전에 미리 써둔 '모든 나에게 보내는
유언 편지'는 이 작품의 맨 마지막 상여소리 중 '메기는
소리'로 배치되었는데, 이는 '떠나는 이와 보내는 이의 숙명
적인 인연緣起', '삶과 죽음의 순환輪廻'을 간절히 담아내어
그의 죽음을 결코 헛되이 하지 않도록 하려는 의도에서이다.

전태일의 생애는 어머니 이소선과 떼려야 뗄 수 없는 인연이다. 모자母子간의 인연이 떼려야 뗄 수 없는 인연임은 너무나 당연한 것이지만, 이소선 어머니와 전태일의 인연은 신비하리만큼 남다르다. 어머니는 태일을 낳을 때 두 차례 태몽을 꾸었다. 한 번은 시가媤家에 있을 때의 꿈으로, 금호강 물이 와룡산을 거슬러 올라와 돌 안의 콩들이 불어나 사방으로 굴러 내려가는 꿈이고, 또 한 번은 친정으로 돌아와 꾼 꿈으로, 보름날 밤 붉은 해가 산산조각이 나서 사방으로 튀어가 온통 세상이 불붙는 꿈이었다. 나는 그중 첫 번째 태몽을 작품의 프롤로그로 우선 배치하고, 두 번째 태몽은 '삼각산에서의 태일의 결단' 대목에 동시 배치하였다. 말하자면 나는 이소선 어머니의 첫 번째 태몽은 태일의 탄생과 소명召命에 연관된 것으로, 두 번째 태몽은 태일의 죽음과 헌신獻身에 연관된 것으로 해석한 것이다.

전태일의 분신 후 어머니는 아들의 뜻을 이어 평생을 노동해방 인간해방의 길에 앞장서셨다. 선대의 뜻을 후대가 계승한 사례는 적지 않지만, 아들의 뜻을 어머니가 이어받은 사례는 처음이었나. 나는 이 작품에서 어머니와 아들의 연기緣起 또는 윤회輪廻를 표현하고 싶었고, 그래서 어머니의

두 태몽을 일단 작품에 배치하였지만 실제 공연에서는 아직 시도하지 않았다. 나는 향후 <판소리 전태일>의 연작으로 <판소리 이소선>을 구상하고 있는바, 그때에는 어머니의 두 태몽 장면을 제대로 구현하게 될 것으로 예상하고 있다.

고백하건대 나의 창작판소리 작업은 김지하의 담시로부터 시작되었다. 젊은 시절 나는 김지하의 담시 「오적」을 보고 판소리가 있다는 것을 알았으며, 「소리내력」이라는 담시를 접하고는 판소리를 배우기도 전에 달달 외어 강창講唱을 시작했다. 그러고 나서 운 좋게 정권진 명창의 제자가 되어 판소리가 뭔지를 알게 되었다. 김지하의 담시 「똥바다」를 판소리로 작창하여 한 시대를 풍미風靡한 지는 벌써 30여 년 전 일이다.

그 후 거개의 판소리 명창들은 사설 창작에 약하고 훌륭한 문인들은 판소리를 전혀 모르는 정황에서 나는 별수 없이 혼자서 사설을 쓰고, 작창하고, 소리까지 하는 1인 3역을 맡아 할 수밖에 없었다. 그러던 중 내가 발견한 작가가 이시백이다. 이시백은 요즘 시대에 보기 드문 '이야기꾼' 소설가이다. 소설의 기원은 '이야기'이다. 그런데 판소리의 기원은? 놀랍게도 판소리의 기원도 '이야기'이다. 이번 <전 태일 판소리> 사설을 씀에 있어 이시백은 특유의 통찰력으로 전태일을 바라보는 시점을 제공해주었다. 앞으로 이시백 작가가 그만의 유별난 소재로 독특한 판소리 사설을 써낼 수 있기를 기대한다.

| 소리소설 |

전태일전傳

이시백

태초에 발이 있었다

태초에 하늘이 사람을 귀히 여겨, 두 발을 주었으니, 발 밑에 발이 없고, 발 위에 발이 없으렷다. 욕심이 잉태하여 죄를 낳고, 세상에 죄가 쌓여, 발이 있어도 기어 다니게 하고, 다른 사람을 짓밟기를 즐거워하니, 발이라도 그냥 발이 아니고, 사람이라도 같은 사람이 아니렷다.

반만 년 길다 해도 고관대작 비단발, 남산 샌님 딸깍발, 별당아씨 외씨버선, 때깔 한번 곱구나. 나라 뺏은 왜놈들 쪽발이 게다짝, 해방이다 이기붕의 마카오 신사화, 박정희 군홧발에 매판자본 문어발, 시절 따라 발도 많고 신도 많지만, 무지렁이 백성들 맨발이야 일편단심 변함이 없구나.

조선왕조 오백 년이 십팔만칠천삼백닷새, 엎드려 벌벌 기던 무지렁이 모진 세월, 왜놈들 게다짝 삼십육 년 일만이천칠백쉰 날, 조센징 이등신민 아리가도 고자이마스 반자이 빠가야로 되었소가. 팔일오 해방이다 대한민국 독립만세, 흙 다시 만져보자 바닷물이 춤을 추니, 허리 댕강 삼팔선에 서로 종질 육이오다. 양키 로스케 쵸코레트 기브미, 뭉치면 살고 흩어지면 죽는다, 리승만이 이기붕이 똘똘 뭉쳐 자유당 만세천세, 사일구 젊은 피로 의거로다 혁명이다, 이 땅이 뉘 땅인데 오도가도 못 하느냐, 가자 북으로 오라 남으로, 백두에서 한라까지 민족통일 자유해방 외치는데, 웬 놈의 군홧발에 옆구리 내질려, 아, 이놈 화상 보게, 누군가 돌아보니 독립군 때려잡던 만주군관 다카키 마사오라, 천황의 견마지로 오카모토 미노루, 졸개 몰고 한강다리 냅다 건너 서울로 들이치니, 가슴팍에 수류탄 주렁주렁, 뭔 놈의 혁명이 너 죽고 나 죽자냐, 이판사판 육사판에 죽기 아니면 까무러치기!

다시는 저와 같은 불행한 군인 없으라, 눈물 흘리며 대통령 자리 꿰차니, 우리도 한번 잘살아보세, 한 번이 뭐여 두 번 세 번 수십 번 잘살면 혁명재건 안 되더냐.

가난한 농부의 자식이 왕이 되니, 등을 쳐도 덜하리오, 떼어먹어도 덜 처먹을 것, 무지렁이 농사꾼 세상 오시려나, 옛다 한 표 대통령 만드셨네.

검은 라이방 박정희가 왜놈들과 수군수군, 돈 보따리 한일회담 이리 썩둑 저리 꿀꺽, 우리도 한번 잘 잡숴보세, 친일파든 매판자본이든 돈이라면 오케이데스, 태평성대 별거더냐, 주린 놈 배 불리고, 돈 버는 게 애국이다, 사카린이구 재벌이구 돈만 되면 오케바리, 이리 쿵 저리 쿵 돈 냄새 찾아 슬금슬금 발 뻗치니 낙지발에 문어발로, 열두 가닥 돈다발 박박 긁어 싹싹 모아, 이런들 어떠하리 저런들 칭칭 얽혀 우리끼리 천세만세 똘똘 뭉쳐 잘살아보세!

왜놈한테 돈 꾸어다 구로공단 반월공단, 무작정 상경 처녀총각 공장에다 쓸어 넣고, 공돌이 공순이가 되었것다. 돈 되는 건 다 팔아라, 처녀의 삼단머리 근대화의 역행이라 일단 싹둑, 산골짜기 다람쥐 게을러서 일단 체포, 은행잎에 알밴 도루묵, 수출만이 살길이다. 얼굴 반반한 여대생은 기생관광으로 애국하고, 몸땡이뿐인 노동자는 덤핑으로 밤샘작업, 청계천에 미싱소리 밤낮으로 돌아간다.

때는 바야흐로 1952년 4월 28일, 이날이 뭔 날이냐. 없는 이에게 이날이 그날이요, 그날이 저 날이니, 그냥저냥 굶고 주리고, 그날은 거르고 저 날은 건너뛰고 오늘은 단식, 내일은 금식, 그날이 그날이요, 새날이 뭐 말라비틀어진 무말랭이더냐.

경상도 대구의 궁한 집에 궁한 아이 태어나니, 피복공장 봉제노동자 전상수의 첫아들이라. 없는 집에 돈 안 드는 이름이라도 그고 으뜸으로 싯자, 클 태 한 일, 전씨 가문의 태일이라.

그 아비 전상수, 평생 봉제일을 하다가 미싱 몇 대 손에 쥐고 옷을 지어 파는데, 툭하면 털어먹고, 탁하면 까먹으니, 느느니 빚이오 자고 나면 주정이라, 세상 잘못 만난 팔자가 박복하여 한잔, 지지리 복짜가리 없는 처자 들여다보면 저를 보는 듯하여 욕설과 매질이니, 실상은 한탄이오, 구겨진 슬픔이라.

태일이 여섯 살 되던 해, 부산에서 양복제조업을 하던 그의 아버지, 염색 맡긴 공장에 장마가 들어 몽땅 버리고 쫄딱 망하였더라. 기술 하나 믿고 무작정 상경하여 일자리를 찾아 헤매는 동안, 서울역 염천교 다리 밑에서 동냥질 석 달이라. 어머니 이소선 가족들을 먹여 살리려 채소행상, 팥죽장사, 비빔밥장사, 오동추야 긴긴밤에 찹쌀알떡, 중앙시장, 남대문시장, 중부시장, 미아리로 발이 닳게 돌아다녀 쌀 반 됫박 하루를 연명하고, 십 원 이십 원 모아 천막집 한 채, 재봉틀 한 대를 장만하였더라. 태일이 여덟 살이 되어 남대문 초등공민학교 이학년으로 들어가 짧게나마 학교란 데를 다녔것다.

모처럼 마음잡고 재봉틀 앞에 앉은 태일의 아버지, 고등
학교에 체육복 수천 벌을 주문받았으니, 쥐구멍에도 볕이
드는구나, 살다보면 좋은 날도 오는구나, 허겁지겁 돈을
꾸고, 불철주야 미싱 돌려 드르르 드르르 수천 벌 체육복을
납품하였것다.

되는 놈은 엎어져도 꿀단지요, 안 되는 놈은 자빠져도
밤 껍질이라, 난데없이 독재타도, 학생들이 들고 일어나
리승만을 몰아내니, 4·19혁명이다! 그 와중에 브로커가
옷값을 떼어먹고 줄행랑을 치니, 졸지에 빚더미, 집이고
재봉틀이고 다 빼앗기고 빈손으로 길바닥에 나앉았다.

아버지는 술 취하고, 어머니는 실성하고, 동생들은 배고
프다 울고, 세든 집조차 쫓겨나 용두동 개천가에 천막을
치고 지내는데, 어린 태일이 어떻게든 살길을 찾아보겠다고
부산으로 향한다.

부산에 당도한 태일이 할 일이 무엇인가. 구두닦이로
나서는데, 텃세부리는 아이들에게 두들겨 맞고, 구두통마
저 빼앗긴 채 며칠을 굶어 눈앞이 가물가물, 우두커니 바다
를 보니, 히연 깃이 띠내러 온냐. 서섯이 무엇이냐, 양배추의
속고갱이 아닌가. 속이건 겉이건 먹을 것이라면 눈이 번쩍

침이 꼴깍, 다짜고짜 바다에 뛰어드는데, 사흘을 굶은 몸에 기진맥진 바다 속으로 빠져든다. 꼼짝없이 죽을 판에 한 어부가 건져내어 구사일생 살아난다.

태일이 한참 만에 눈을 뜨고 정신을 차려보니, 십 원 짜리 지폐 석 장, 오 원짜리 동전 한 닢, 누렇게 상한 양배추 속고갱이, 조개껍데기 몇 개가 놓여 있다. 태일이 자신의 처지를 생각하니 물에 빠진 동냥치요, 집 나가 죽을 뻔한 거지로다.

이대로 죽기는 서러워, 죽더라도 서울 가서 죽을 것이요, 주리더라도 가족과 함께 굶으리라. 당장 내일 새벽차로 올라가자, 돈은 없지만 가는 거다, 언제 돈 가지고 다녔더냐.

이 대목에서 전태일이 어려서부터 반자본주의자였음을 알 수 있다. 될성부른 나무 떡잎부터 알아보는 법, 뭣이, 못된 송아지 엉덩이에서 뿔난다고? 응, 맞는 말여. 엉덩이든 이마빡이든, 배부른 놈들 자본가들 찔러대는 뿔이 솟아난 건 예삿일이 아니더라.

해가 바뀌어 1963년, 태일의 나이 열다섯. 아버지 일을 거들던 태일에게 꿈같은 일이 생겼으니, 큰집에 다녀온 어머니가 학교 이야기를 꺼낸다. 이게 웬일인가, 학교 가란 말에 태일이 겅중겅중 뛰며 기뻐한다. 태일이 청옥고등공민 학교에 입학하니, 집안이 가난하여 중학교에 못 다닌 아이들이 다니는 공민학교지만 태일은 감지덕지, 두고두고 말하기를, 이때가 내 생애에서 가장 행복하였던 시절이라 하였더라.

학교는 들어갔어도 일은 여전히 해야 하던 태일, 배우며 일하세, 재봉틀 돌리는 중에도 벽에 써 붙여둔 영어 단어를 열심히 외우고, 다림질을 하면서도 아이엠어보이, 유아러걸, 아 뜨거라 데기가 일쑤였다.

꿈같은 학교생활 한 해를 못 채우고, 태일의 아버지, 재봉일을 도우라며 학교를 다니지 못하게 한다. 실장까지하며 공부하는 재미에 빠져 지내던 태일이 크게 상심하여 집을 뛰쳐나갔다가 사흘 만에 돌아오니, 그의 아버지 주먹으로 치고 발길질을 하며 이르기를,

네 나이 열다섯에 겨우 중학 일학년, 어떻게 공부로 성공을 한단 말이냐. 장관이나 국회의원, 공부로 된 줄 아느냐, 돈 가지고 하는 것, 돈 돈 돈! 이 바보 자식! 스무 살, 서른 살이 넘어도 돈만 있어봐라, 공부가 문제더냐, 그 잘난 졸업장 몇 십 장도 살 판이니, 돈이 대학이고 선생인 줄

왜 모르느냐? 돈이란 게 무엇이냐, 돌고 돌아 돈이려니, 뭐니 뭐니 해도 머니가 제일이고, 뱃속의 아이도 오만 원짜리 흔들면 순탄히 쑥 나오고, 사람이 세상을 떠날 때도 상조보험 들어놔야 마음 편히 떠나는 세상, 요람에서 무덤까지, 양반에서 상놈까지 뭐니 뭐니 묻지도 따지지도 않고, 돈이 왕이고 양반이라! 석사 박사, 교수할애비 할 것 없이 돈 앞에선 아장아장 애들처럼 재롱 피우고, 밥상 밑의 강아지처럼 꼬리치며 납작 기니, 세상 아니꼬운 줄 알았으면 돈을 벌라, 공부 중에 제일가는 공부, 돈 버는 기술이니, 네 학교가 여기로다, 청계천 평화시장 재봉학교, 네 스승이 미싱이다, 돌리고 돌려, 돈 공부 지어보라!

배움에도 때가 있어, 이 기회를 놓치면 영영 배움의 길이 끊길 것이라, 태일이 서럽고 분하여 집을 나서기로 마음먹는데, 얌전히 있는 동생까지 데려가니, 아, 형을 잘못 만난 태삼 인생이 꼬이는구나. 태일이 아버지가 만들고 있는 잠바 제품 여덟 장을 들고, 무작정 서울로 길을 떠난다. 누구는 소도 끌고 나왔는데, 잠바 제품 몇 장이 문제랴.

태일의 아버지, 이리 해도 아니 되고, 저리 해도 되지

않아 날마다 이어지는 매질에 어머니가 어린 자식들을 앞에 두고 이르기를,

"내가 있어 너희들까지 배를 주리는구나. 나 하나가 없어지면 큰아버지 작은아버지 너희를 도와줄 터, 나라도 사라져 너희를 살리련다. 우지 마라, 나는 식모살이라도 갈 터이니 이다음에 돈 벌어서 다시 만나자. 너희들 배고파 우는 것을 더 이상 못 보겠다. 돈을 벌면 보낼 테니, 태일이는 동생들 잘 돌보고, 아버지한테 매 안 맞게 조심하거라."

어머니 이리 이르며, 자식들 얼굴을 하나하나 들여다보다 흐느껴 우는데 태일의 마음이 천 갈래 만 갈래로 찢어지더라.

날이 밝아 아버지 부스스 눈을 뜨니 아내가 떠난 뒤라, 태일의 아버지 하는 양 보소, 술 취하고 매질하고 술 떨어지면 엿장수 불러다가 집안 살림 팔아 술 사 먹고, 장롱에 밥상에 고리궤짝, 꼬치에 곶감 빼어먹듯, 흥부네 살림 따로 없구나. 보름이 못 가 남은 건 덮고 있는 이불뿐이더라. 태일이 가만히 생각하니, 이대로는 맞아 죽거나, 굶어 죽기 십상이라. 무엇을 할꼬, 할 수 있는 게 무엇이냐, 가출이 아니더냐. 되든 안 되든 내게는 꿈이 있으니, 불가능한 꿈을 꾸는 게 재능이 아니더냐, 이 절망의 집을 뛰쳐나가자,

어머니를 찾아 서울로 가자!

　서울이 어떤 곳이더냐, 일찌감치 그 맵고 시고 차가운
맛 익히 보아온 태일이지만, 어린 동생까지 등에 업고 이리
저리 헤매는데, 누구 하나 돌아보는 이 없고, 반가이 손
붙들며 맞이하는 건 적십자 헌혈차뿐이더라.
　정월 대보름 지난 후라 늦추위가 매서운데, 어머니 찾아
서울 바닥 헤매지만 한강 모래밭에 흘린 바늘 찾기, 어린
동생은 배고파 울다 열까지 펄펄 병이 났다. 이러다가 어린
동생 죽일까봐 고심 끝에 보호소에 맡기기로 한다. 동생을
업고 터덜터덜 보호소를 찾아가던 태일이, 웃옷을 벗어
삼십 원에 팔아 동생에게 백반을 사 먹인다. 찬바람은 살을
에고, 옷을 벗은 태일이 덜덜 떨면서도 달게 먹는 동생을
보니 가엾고 서글퍼 돌아앉아 눈물을 흘리더라.

　누이동생을 보호소에 맡긴 태일이 구두통을 메고 거리로
나선다. 찬바람은 윙윙, 굶주린 배는 쪼르륵, 두 다리는
후들후들, 어서 돈을 벌어 누이동생 찾을 생각에 구두 닦어,
구두 닦어! 힘을 내어 외치고, 저녁에는 신문팔이, 밤중엔
조선호텔, 미도파백화점, 국립극장, 명동 뒷골목을 쓸어가

며 담배꽁초 주워 팔고, 여름이면 아이스케키, 비가 오면 우산 사려! 집도 없이 덕수궁의 대한문 옆에 가마니를 덮고 자는 동안 태일이 열여섯이 되었것다.

열여섯 태일에게 직업이 생겼으니 리어카 뒤밀이라, 서울역에서 동대문시장까지 리어카를 밀고 가면 삼십 원, 때에 절은 런닝샤쓰에선 김이 무럭무럭, 땀 냄새가 진동하고, 신발은 짝짝이, 스스로 생각하니, 벌레보다 못한 인생이요, 주인 있는 개보다도 천한 신세였다.

이렇게는 안 되겠다, 태일이 본격적으로 일자리를 찾는데, 구두통을 메고 평화시장을 오가다가 '시다 구함' 광고를 보고, 헌 옷 기워 입고 목욕재계한 후 학생복 맞춤집 삼일사를 찾아간다.

청계천 6가의 평화시장이 어떤 곳이더냐, 악취 풍기는 청계천 천변에 무허가 판자촌들이 다닥다닥, 빈민들이 득실득실, 움막이건 가난뱅이건 지저분한 것들은 말끔히 덮어라! 썩든 말든 안 보이면 장땡, 호박 구덩이에 똥 묻듯이, 눈 가리고 아웅이라. 1959년에 시작된 청계천 복개공사가 1961년에 완공되어 3층 건물 평화시장이 들어섰으니, 연건평 7,400평, 피복 제조업자, 의류가게 수백 개가 닭장처럼 채워진다.

시다가 무엇이냐, 기술을 배우는 견습공이라. 말이 좋아 공원이지, 하기 힘든 궂은 일, 귀찮은 잔심부름, 도맡아서 하는 밑바닥 노동자라. 미싱사, 재단사를 모시고 실과 단추를 나르고, 하루 종일 뜨거운 다림질, 실밥 뜯고 옷감 펼치고, 어이, 시다! 출출하니 빵 사와라, 목마르다 물 떠와라, 이리 와라 저리 가라, 오라 가라, 오락가락, 다리가 넷으로도 모자라고, 손이 발이 되어 발발발발 기어 다녀도 툭하면 머리통 쥐어박히기 십상이네.

시다 첫 월급이 천오백 원, 일당으로 오십 원꼴이니, 하루 하숙비 백이십 원에도 모자라다. 아침 일찍 구두 닦고, 밤에는 껌을 팔아 시다 기술 배우자니 눈물겹고 허리 휜다. 고된 시다살이 중에도, 서울 어딘가에서 고생하실 어머니 만날 생각, 배가 고파 울고 있을 동생들 생각, 이를 물고 기술을 배우더라. 일찌감치 아버지 일을 도우며 배운 재봉 기술, 주인 눈에 쏙 들어 미싱 보조로 승진한 태일, 월급도 삼천 원에, 잔심부름 면제되니, 감개가 무량하다. 태일의 앞길이 탄탄대로, 기술보국의 산업전사, '일하며 배우세'렷다!

태초에 허리가 있었다

　사람에게 허리가 있음이 당연한 일이로되, 평화시장 다락
방 시다들은 허리가 없었으니, 여덟 평 작업장에 재단판과
재봉틀 열네댓 대, 시다판들이 들어차고 그 틈서리에 핏기
잃은 종업원 서른두 명이 온종일 오밀조밀 바글바글, 마루
를 깔아 2층으로 만드니, 바닥에서 천장까지 1.5미터, 펴려
야 펼 수도 없으니, 평화시장 시다들은 허리가 없어야 했다.
재봉대에 쭈그리고 앉아 한 됫박씩 먼지나 마시는 인간들에
게 허리가 무슨 소용. 있어 봐야 접었다 폈다 힘만 들고,
힘들면 생똥 싼다고 변소만 들락날락, 있어도 펴지 않을
허리, 펴봐야 머리나 부딪칠 허리, 없는 편이 훨 나으렸다.
아침 여덟 시부터 밤 열한 시까지 개미처럼 도마뱀처럼
납작 엎드려 변소도 가지 말고, 수다도 떨지 말고, 개미가
오줌 싸는 걸 보았느냐, 도마뱀이 수다 떠는 걸 보았느냐?
청계천 다리 밑에 기어 다니며 모이를 주워 먹는 평화시장
비둘기, 제가 새라는 것도, 하늘을 나는 비둘기라는 것도
잊어버리고, 종종거리며 부지런히 배나 채워, 날지 못할
날개 생각해봐야 무슨 소용, 생각이 많으면 인생만 복잡하
고 고달퍼!

1966년 가을, 추석 대목을 앞두고 태일이 통일사 미싱사가 되었다. 어린 시다들을 누이동생처럼 보살피니 이것저것 사정을 털어놓고, 이런저런 부탁이라. 태일이 하소연을 찬찬히 들어주다보니 몸은 고달프고 마음은 바쁘더라.

일이 끝나면 미아리 종점까지 버스를 타고 한 시간 넘게 걸어가는데, 점심 굶는 시다를 보면, 버스값을 탈탈 털어 일 원짜리 풀빵을 사 먹이고, 청계천 6가부터 도봉산까지 두세 시간을 걸었더라. 남은 먹이고 저는 굶어, 허기져서 다리가 후들후들, 미아리까지 걸어가면 밤 12시 통금 시간 사방이 깜깜이라. 툭하면 야경꾼에게 붙잡혀 파출소에서 밤새우고, 새벽에야 터덜터덜 집으로 돌아가기 단골이라.

해가 바뀌어 2월 24일, 태일이 바라고 바라던 재단사가 되었으니, 힘닿는 껏 열심으로 일을 하여 주인의 공을 갚으리라 일기장에 적었더라. 시다 생활 고생할 때마다 꾹 참고 일하면 미싱사가 되고, 재단사도 될 것이니 그때까지만 눈 딱 감고 고생하라 하였으나, 고생은 여전하고, 어려운 형편은 나아지지 않아, 아침 8시부터 저녁 11시까지 하루 15시간 칼질, 다리미질, 허리가 결리고 손바닥이 부르터

피투성이, 손목과 다리가 끊어질 듯 온몸이 쑤셔오니 정말이지 죽고 싶다. 육신의 고통이야 참으면 된다지만, 가슴속에 품은 희망이 삭은 기왓장처럼 와르르 무너진다. 기술 배워 가난에서 벗어나는 꿈, 교복 입고 학업을 계속하는 꿈, '밑지는 생명들'을 위하여 보람 있는 일을 하는 꿈, 어린 여공들의 편에 서서 도와주는 꿈은 모두 어디로 갔다더냐.

태일이 바지와 곤로를 삼백팔십 원에 팔아 시청 뒤 학원사 2층에서, 연합 중고등 통신강의록 <중학1>권을 백오십 원에 샀으니, 사람이 깨어나려는데 바지가 무엇이며 곤로가 문제인가. 벌거벗고, 굶더라도 배워야 산다. 희미해져가는 배움의 정신에 심한 타격을 줌으로써 다시 똑똑하게, 단단하게 정신을 붙들어 매었것다.

업주들은 태일이 시다들에게 베푸는 온정조차 가로막으니, 어린 시다들이 굶주리다 쓰러지든, 먼지를 마시고 폐병에 걸리든, 너는 네 일이나 걱정하고, 눈앞의 일에만 열중하라! 인정이고 꿈이고 걷어치우고, 미싱이나 씽씽 돌려라. 돌아보지 말고, 앞만 보고 돌고 돌고 돌려라. 긋고 나라시, 재단기계로 싹둑, 열의도 의욕도 개나 줘버려. 질서정연

일과 준수 성실근로 하다보면 자동적으로 퇴근시간, 세수하고, 옷 갈아입고, 인사하고 집으로 돌아오면, 밥상이 기다리고, 몇 마디 지껄이다 드러누우면 오늘 하루도 무사히! 그렇게 사는 거야. 돌고 돌리다 보면, 하루하루 무사하게 사는 거야. 시다도 보조미싱 되고, 미싱사 재단사 되고, 꿈이 별거더냐, 내일이 따로 있더냐, 돌리고 도는 미싱 속에 내일이 오는 거야.

어느 날, 태일이 어머니에게 하는 말이, 낮에 시다 하나가 머뭇거리다가 울음을 터뜨리며, "재단사요, 난 이제 아무래도, 바보가 되나 봐요. 사흘 밤이나 주사 맞고 일했더니, 눈이 침침해서 아무리 보려고 애써도 보이지 않고, 아무리 펴려 해도 손이 마음대로 움직이지 않아요."라고 합니다.

한창 자랄 열두어 살 여공들이 고된 노동에 쓰러지면, 게으름 부린다고 발 굴러 나무라고, 병이 깊어져 눕게 되면 사정없이 모가지, 목이 잘릴까봐 아픈 몸을 숨기던 여공이 태일에게 하소연하는데 그가 할 수 있는 일, 없는 돈을 털어서 약을 사주기, 여공이 할 일을 대신하기, 그저 참고 일하라고 달래는 것뿐이니, 태일의 가슴도 쇠를 삼킨 듯 답답하고 무겁기 그지없다.

일하다가 생긴 직업병은 업주가 고치는 것이 당연한
이치건만, 평화시장에선 있을 수 없는 일, 치료가 다 무엇인
가? 제 몸은 제가 챙겨야지, 병났다고 떼쓰면, 여기가 보건소
냐 시립병원이냐, 자고로 건강은 제 몫, 병이 나도 제 책임.
삼십 명 직공 중에 대표로 두세 명 시범적으로 건강진단,
어디 아픈 데 없나, 필름도 없이 찍는 엑스레이, 하나 마나,
아프나 마나. 아는 게 병이고 모르는 게 약이다.
　어느 날 미싱사 처녀가 새빨간 핏덩이를 재봉틀 위에
쏟아내어, 태일이 급히 병원에 데려가니 폐병 3기라. 날마다
먼지를 됫박으로 마시고, 허리도 펴지 못한 채 고된 일을
하다보면 걸리는 평화시장 직업병, 각혈을 한 여공은 고생
만 하다 폐병 얻어 거리로 쫓겨났으니 그야말로 부서진
쪽박이요, '밑지는 인생'이로다.

　세상에 서럽고 고달픈 일 많고 많겠지만, 평화시장 시다
만 하겠느냐. 닭장 같은 다락방에 쪼그리고 앉아 옷감 먼지
독한 냄새 눈물 콧물 쏟아가며 툭하면 욕설이요, 머리통
쥐어박히며 하루를 보내고 나면 정신이 아득아득 온몸이
천근만근 물먹은 솜이로다. 일감이 몰리면 야간작업, 깜빡
깜박 잠이 오면 타이밍 약, 올나이트 밤새고 나면 눈은

멀뚱멀뚱 몸은 뻣뻣, 며칠을 돌고 나면 산송장이 따로 없다.

팔다리가 움직이지 않아 쭈그려 앉으면, 다락방 창밖으로 남산이 보이누나. 케이블카 타고 간다는 어린이회관, 웃고 뛰놀자 푸른 하늘 쳐다보며 오늘을 생각하고 내일의 꿈을 키우자, 깔끔한 교복 하얀 칼라, 친구들이 즐겁게 뛰어노는 회관이 있다는데, 웃으려도 힘이 없고, 뛰놀려도 허리를 펴지 못하네. 푸른 하늘은 관계없소, 닭장 같은 다락방에 시커먼 먼지뿐, 오늘을 생각하려도 졸리고 바빠서 아무 생각 없소, 내일의 꿈을 키우라니, 꾹 참고 견뎌서 미싱사 되는 것이 꿈이라오.

한창 뛰어놀며 교복 입고 공부할 때, 가난한 집안 살림 도우려, 어린 동생들 학비 대려, 주린 배를 움켜쥐고, 밤새워 미싱을 돌려, 허리가 꺾어지도록 일만 해온 죄, 고질병에 걸려 죽어가니, 태일의 가슴은 펄펄 끓어댔다. 세상은 무사 안녕, 모두가 외면, 어찌하여 이럴 수가 있을까. 어찌하여 세상은 이다지 무사하고 저리도 고요할까.

붉고 붉어라, 꽃이라면 붉게 필 것을, 피지도 못한 채 시들은 피여, 그것은 네 눈물, 네 부서진 젊음, 성하면 부려먹고, 부서지면 내다버리는 너는 평화시장의 재봉틀, 너이며 나의 붉은 피, 청계천 뒷골목에 얼룩진 돈의 비린내, 돈이라면 돌고 돈다지만, 시들어 버려진 목숨들 어디에서 다시 붉게 피랴, 붉고 붉어라, 피지도 못한 채 시든 피꽃이여, 오다가 만 봄날이여.

　피를 토하고 쫓겨난 여공 일로 태일은 충격을 받아, 밤마다 집에 돌아오면 아버지를 붙들고 노동운동 이야기를 듣는다. 한때 대구의 방적공장을 다니던 아버지 전상수, 해방 직후에 일어난 노동자 총파업에 연락원으로 열심히 참여하였으니, 태일이 아버지를 통해 근로기준법이라는 걸 알게 되었것다. 이 비정한 세상에 노동자를 위한 법도 있다는 걸 알게 된 태일, 암흑에서 빛을 본 듯하더라. 근로기준법 제1조, 근로자의 기본적 생활을 보장, 향상시키며, 그것만으로도 가슴이 먹먹, 때리면 맞을 법, 말 많은 놈 굶기는 법, 쓰러진 놈 짓밟는 법은 알아도, 근로자의 생활을 보장하고 향상시키는 법이란 것이 있다니, 사람은 자고로 알아야 하고, 배워야 산다.
　근로기준법 제42조, ‘근로 시간은 휴게 시간을 제하고 1일에 8시간, 1주일에 48시간. 소경이 눈을 뜨고, 새 세상을 만난 듯, 이렇게 좋은 법이 있는 줄도 모르고 네 발로 기고, 허리를 꺾고 지낸 바보가 어딨을까, 법으로 보장된 근로 조건도 찾아 먹지 못하고, 바닥을 기어 다니는 평화시장 바보들을 모아 바보회를 만들자, 새 법은 못 만들어도 있는 법은 찾아먹자. 근로기준법, 근로자들을 위해 나라에서 세운 법. 뭐니 뭐니 해도 법대로 해!

이럴 무렵, 태일이 시다들을 일찍 보내고, 청소를 대신하다가 주인에게 걸렸것다. 재단사가 웬 청소, 재단사는 재단만 하고, 청소는 시다가 하고, 톱니가 굴러가듯 제 할 일만 하면 만사 오케이! 재단사가 시다들의 일까지 거들고, 아프다면 약방 데려가고, 밤일 시키려면 인상 쓰고, 너는 콩쥐, 나는 팥쥐, 주인을 거들어야지, 시다 편을 드는 재단사는 필요 없어, 내일부터 나오지 말고, 시다들 대신 아프고 배고파보라!

졸지에 목이 잘린 태일이 하도 기가 막혀 가만히 생각하니, 남을 도왔다고 쫓아내는 법은 세상에 없을 법이로다.

1969년 6월, 태일이 재단사들을 모아 덕수중학교 근처 허름한 중국음식점에서, 평화시장 최초의 노동운동 조직

'바보회'를 창립하였다. 우리들 근로자 한 사람 한 사람을 떼어놓고 보면 먼지보다 못한 존재지만, 하나로 뭉쳐서 싸우면 바위보다 굳은 큰 산이라, 근로 조건 개선이 쉬운 일은 아니지만, 힘을 모아 싸우면 근로기준법 몇 조문이라도 지킬 수 있잖겠냐, 평화시장 3만 근로자가 한꺼번에 파업하면 업주들이 안 들어주고 배겨낼 재주가 있겠느냐!

태일이 동료들과 힘을 모아 평화시장 공원들에게 근로기준법을 알리고, 근로 실태 설문조사를 시작했다. 이때부터 업주들이 태일을 호환마마 보듯 멀리하니, 일이 끊겨 막노동을 하며 지내더라.

그때 태일의 아버지 세상을 떠났으니, 어려서는 원망도 하였지만, 철이 들며 아버지의 인생을 가슴 아파했던 태일, 일을 하여 돈을 벌자, 술 좋아하는 아버지에게 막소주만 드시면 속 버리니, 돼지껍질 삶은 거라도 안주하라 오백 원, 천 원을 다달이 드렸더라. 태일의 아버지 죽음이 다가옴을 알고 아내에게 머리맡의 베개를 뜯어보라, 그 속에서 꼬깃꼬깃 접은 오백 원짜리 지폐 대여섯 장, 어린 자식이 번 돈을 받아 쓰기 죄스러워, 술을 끊고 모아누었다며 눈물을 주르르, 아내에게 이르기를, 남편은 잘못 만났지만 아들 하나는 잘 두었소, 그놈이 하는 일을 너무 말리지 마오.

　아버지를 여읜 태일이 슬픔을 딛고 바보회에 열심으로 매달리니, 동료들과 밤을 새워 새벽까지 토론, 첫째가 근로기준법 준수, 둘째로 조직을 튼튼히, 셋째로는 평화시장 노동 실태 조사, 넷째로 근로기준법 모범 업체를 세우는 일이었다. 동료들이 말하기를, "그런 일은 조금 있다가 하자. 우리가 힘도 부족하고, 이제 겨우 이십 대, 좀 더 알고 나이가 들어서 본격적으로 하자." 태일이 이르기를 "우리가 하려는 일 어려운 줄 모르잖네. 목숨 걸고 하는 일에 안 되는 일이 어딨겠나. 몇 목숨 없어지면 길이 뚫리리니, 그리해서 된다면 그렇게라도 해보세."

　태일이 어느 날, 어머니에게 빚을 내어 책 한 권을 사달라고 졸랐다. 어느 노동법 학자가 쓴 근로기준법 해설서였다. 정가가 자그마치 이천칠백 원, 없는 살림에 엄청난 돈이었으나, 모처럼 아들의 간절한 부탁에 동네 사람들에게 천 원, 오백 원 빚을 얻어 삼천 원을 마련해주었다. 그날 저녁 책을 사들고 들어온 태일이 그렇게 기뻐할 수가 없었으니, 책 한 권에 저리 좋아하는 자식, 남들 다 보내는 학교를 보내지 못한 어머니 가슴이 찢어지더라.

학력이라고는 초등학교 과정과 중등 정도의 공민학교 3년 남짓, 대학 교재인 해설서를 붙들고 씨름하자니 그 말이 그 말 같고, 저 말이 뭔 말인가, 없는 놈들 읽지 못하도록 온갖 어려운 말로 적어 놓은 법률 용어, 태일이 하룻밤을 꼬박 새워 한 장밖에 못 보면서도 책을 놓지 않고 "대학생 친구가 하나 있었으면 원이 없겠다"고 한탄하더라.

바보회가 창립되고 얼마 지나지 않아 태일이 또다시 직장에서 해고당했다. 근로기준법이 어떠니 근로 조건이 어떠니 노동자들을 선동하고 다녀 평화시장 불순분자가 되었더라.

그 와중에도 태일이 어느 바지 공장에서 닷새 동안 일해주고 받은 돈으로, 노동 실태 설문지 300장을 인쇄해 평화시장 노동자들에게 돌렸것다. 그걸 들고 근로감독관을 찾아가니, 초라한 차림으로 들어서는 태일을 쳐다본 근로감독관 다짜고짜 무슨 일이냐, 평화시장 실태를 설명하려 입을 떼기 무섭게, 용건만 말해, 듣는 둥 마는 둥, 알았으니 두고 가라, 잡상인 내몰 듯이 태일을 쫓아낸다.

태일이 기가 막혀 생각하길, 평화시장 참혹한 사정에도 입을 막아 내몰기 바쁘고, 진작부터 알고 있었다면 어찌하여 내버려둔단 말인가. 태일이 분하여 이번에는 노동청을 찾아가지만, 결과는 마찬가지, 도긴개긴 피장파장, 그놈이 개놈, 실태 조사란 걸 비죽 한 번 나오고는 감감무소식이라.

　근로기준법만 굳게 믿었던 태일이 근로감독관을 만나 크게 실망했으니, 그는 과연 바보였다. 근로기준법의 근로가 무엇이냐, '부지런히 일하라'는 뜻이렷다. 근로감독관이 누구인가. 부지런히 일하지 않고, 노동 조건이나 따지고, 피 토하는 여공의 실태 조사나 하는 근로자를 감독하는 사람이라는 걸 모르는 바보 태일! 바보의 특징이 무엇인가, 뭣두 모르면서 중언부언 길게 늘어놓는 것, 요점만 간단히 말하는 걸 모르는 것, 요점만 간단히 말하자면, 근로기준법이란 한 마디로, 부지런히 일만 하는 기준이요, 대들고 따지지 말라는 법, 모르는 태일이 바보라는 말씀, 바보에게 무슨 말이 필요한가. 알았으니 두고 가라. 실태 조사 나간 근로감독관이 업주들에게 하는 말, 어찌하여 시끄러운 소리 들리게 하느냐, 군소리 허튼소리 낼 틈 주지 말고 쎄빠지게 일 시켜라. 이것이 근로감독, 근로의 기준이렷다.

나는 삼거리에 이정표, 가자고 하는 이 하나 없는 막대기,
교차로에서 나는 언제나 좌회전, 세상에는 우회전의 우선
권, 공부를 하여 무엇하나, 법이 있으면 무엇하나. 지켜지지
도 않을 법은 모욕이고, 힘 있는 것들이 짓밟는 발길질.
인생의 교차로에서 나는 언제나 좌회전, 힘 있는 자들은
우회전의 우선권, 우회전을 부러워하며 양보하는 영원한
좌회전, 이것이 세상의 법. 공부를 하여 무엇하나. 세상의
법은 언제나 우회전!

상심한 태일이 어머니에게 부탁하여, 삼각산에 짓는 임마
누엘 수도원 공사장에 일을 하러 다니게 된다.

낮이면 바위를 깨고, 석재를 다듬고 우물을 팠다. 삼각산
꼭대기, 트럭도 오를 수 없어 남대문시장부터 리어카로
목재를 실어 나르기 자정까지 하였다. 어깨가 빠지고 등이
휘도록 힘이 들지만 그 와중에도 틈틈이 근로기준법 책을
읽었더라. 육신은 고되나 정신은 산정의 샛별처럼 빛났다.
칠흑같이 캄캄한 밤에 산 아래 도시에는 잠들지 못하는
불빛들이 반짝이니, 아! 그 아래 졸린 눈을 비비며 미싱을
돌리고 있을 어린 여공들의 모습이 눈앞을 어른거린다.

나는 누구인가. 어디로 가야 하나. 캄캄한 하늘을 쳐다보며 태일이 다짐하였더라.

나는 돌아가야 한다. 돌아가야 한다. 불쌍한 내 형제들 곁으로, 내 마음의 고향, 내 이상의 전부, 평화시장의 어린 동심 곁으로, 생을 두고 맹세한 그 많은 시간과 공상 속에서, 내가 돌보지 않으면 아니 될 나약한 형제들, 나를 버리고, 나를 죽이고 가마, 조금만 참고 견디어라. 형제들의 곁을 떠나지 않기 위하여, 나약한 나를 모두 바치마.

1970년 9월, 태일이 산에서 내려와 평화시장으로 돌아온다. 개남을 만나 다시 한 번 '근로 조건 개선'을 위해 싸워보자 권하였다. 태일이 어느새, 젊은 재단사들 사이에 지도자가 되었으니, 평화시장 최초의 노동운동가였다. 다섯 달 만에 태일이 나타나자, 뿔뿔이 흩어졌던 바보회 회원들이 모여들어 모두 열둘이었다.

태일이 서울시청, 노동청을 찾아가 재청, 간청 진정서를 내었지만 세상이 전혀 진정되지 않아, 신문사 기자도 만나고, 방송국도 찾아다니다가, 동양방송국의 '시민의 소리' 담당자를 만나게 되었것다. 평화시장 실정을 호소하였으나,

추상적인 이야기는 방송 불가! 그렇구나, 피 토하고, 허리 구부러지고, 눈이 멀어가는 건 추상적이구나, 추상이 무엇인가, 머릿속에 그려보는 꿈같은 게 아니더냐, 차라리 꿈이라면 얼마나 좋으련, 피 토하고 쫓겨나 누워서 죽기만 기다리는 현실이 추상적인 꿈이라면 얼마나 다행일까.

1970년 9월 16일 저녁, 열두 명의 재단사들이 은호다방에 모여, '바보회'를 '삼동친목회'로 이름을 바꾸니, 평화시장, 동화시장, 통일상가 삼동의 노동자로 새롭게 깨어나는 다짐의 날이었다.

지금도 들려오는 쟁쟁한 목소리
목이 메도록 외쳐도, 목이 터지도록 외쳐봐도
들은 체도 않는 냉정한 세상,
옳게 살아보자고 의롭게 살아보자고 굳게 손을 잡던 그날
우리의 이름이 바보라 바보처럼 살 수 없으니
만인을 위해 횃불을 밝히고자 삼동으로 이름 바꿔 부르던 그날,
다시 태어난 바보는 잊으려야 잊을 수 없는 세상의 외침[1]

1970년 10월 6일, 삼동회원들은 노동청장에게 '평화시장 피복제품상 종업원 근로 개선 진정서'를 제출하였는데, 이튿날, 석간신문에 평화시장의 참상에 관한 보도가 실렸으니, 지성이면 감천이요, 두드리면 열린 것이라.

경향신문사 신문 게시판 앞에서 가슴 조이며 기다리던 태일이 석간신문 나오자마자 사들고 평화시장으로 달려간다. 어허, 동지들아. 어여 나와 신문 보라. 벌레처럼 기어 다니고, 기계처럼 돌려지던 우리 이야기가 신문에 나왔으니, 우리도 사람이라, 우리에게도 목소리가 있었구나!

그날 <경향신문> 사회면 톱기사, '골방서 하루 16시간 노동', '소녀 등 2만여 명 혹사', '거의 직업병, 노동청 뒤늦게 고발키로', '근로 조건 영점, 평화시장 피복공장' 기사가 쏟아졌다.

삼동회원들 신문사로 달려가서 차고 있던 손목시계를 맡겨 놓고 <경향신문> 300부를 사들고, 평화시장으로 달려가, '평화시장 기사 특보' 어깨띠를 두르고, 이 건물 저

. .
1. 전태일 1주기 삼동친목회 대표의 추도사 일부 인용.

건물, 신문이요! 신문 한 장에 이십 원! 목이 터져라 외쳐댄다. 노동자들이 신문은 팔아보아도 사서 읽긴 처음이나, 어떤 이는 "수고가 많다" 백 원씩 이백 원씩 신문 한 장 값으로 천 원을 내놓은 노동자도 있었으니, 신문 300부가 삽시간에 다 팔렸다.

그날 저녁, 평화시장은 모처럼 활기를 띠고 축제 분위기가 되었으니, 노동자들이 몰려서서 신문 한 장을 돌려 읽으며 웅성웅성, 와글와글, 우리도 알고 보니 인간이었나베, 우리 이야기가 신문에 날 때도 있으니, 모처럼 허리 펴고 평화시장 비둘기들이 신문을 들여다본다. 두 발로 우뚝 서고, 허리를 쭈욱 편다. 아, 내게도 두 발이 있었구나, 내게도 허리가 있었구나. 허리 꺾고 먼지 한 됫박씩 마시던 내 이야기 여기 나왔네, 두 평에 열세 명이 쭈그리고 앉아 열여섯 시간씩 일하고 한 달 삼천 원 받던 내 이야기 여기 나왔네. 고향에 계신 어머니, 내가 신문에 나왔소, 어머니, 아! 나도 사람인가 보오. 이 나라의 국민인가 보오.

태일이 맨몸으로 벽을 뚫었으니, 그것은 무관심의 벽, 차디찬 자본의 벽, 인간을 기계로 돌려대는 물질의 벽이라. 세상에 가려졌던 노동자들이 벽을 뚫고 외치는 소리를,

언론도 더 이상 외면할 수 없었으니, 평화시장 사장은 혈안이 되어 진정서를 낸 인물들을 찾기 바빴다. 그날 저녁 늦게 삼동회원들이 모여 평화시장주식회사 측에 요구 조건을 결의하니,

첫째, 작업 시간은 여름은 오전 8시부터 오후 7시까지, 겨울은 오전 9시부터 오후 8시까지. 얼씨구!

둘째, 휴일은 정기적으로 일요일마다. 잘한다!

셋째, 작업 시간을 어기는 기업주는 고발 조치. 그렇지!

넷째, 건강 진단은 1년에 두 번, 전염병이 나돌 때는 예방주사. 암만!

다섯째, 시다들 월봉은 현 삼천 원에서 최하 육천 원으로. 만세!

회사측 하는 말, "진정 내용은 잘 알겠다." 어디서 많이 들어본 말, 알기는 다 아는 것들, 모르는 것이 무엇인가. 아는 것들 하는 말이, 가만히 기다리면 알아서 해주겠다, 한꺼번에 들어주기는 어려우니 얌전히 기다리면, 하나씩 해주도록 힘쓰도록 애써보도록 해보도록 보도록 보도록. 태일이 기가 막혀 사무실을 박차고 나온다.

때는 대통령 선거가 7개월 앞, 신민당의 김대중 후보가

목소리를 높이니, 박정희 정권이 돌아가는 여론을 이리 힐끔 저리 힐끔 살필 때라. 노동청 근로감독관이 몸소 삼동 회원들을 찾아왔겠다. 태일을 만난 감독관 하는 말, 뉘 집 자식인지 인물 한번 훤하게 잘생겼다, 이번 노동절에 모범 청소년으로 표창하겠다며 개 풀 뜯어먹다 토하는 소리 꾸역꾸역 늘어놓으며 얼러대고, 경찰서 정보개 형사들도 몰려와 문밖에서 설레설레 맴돌았다.

10월 중순 노동청 근로기준국장 임정삼이 평화시장으로 찾아와 하는 말이, "너희들 깡패모양 직업 없이 돌아다녀서는 진정 사항 들어줄 수 없다. 취직을 하도록 해라. 그러면 일주일 이내로 다 개선시켜주겠다." 그자가 생각하기를, 없는 것들 시끄럽게 나대는 것, 밥 먹고 할 일 없어 하는 짓, 취직시켜 밤이 낮이 되고, 재봉틀이 나인지, 내가 재봉틀인지, 똥오줌 못 가리게 조이고 돌려대면 노동운동, 근로조건 소리가 어느 아가리로 나올 짬이 있겠는가.

아, 근로감독관의 임무가 무엇이냐, 깡패모양으로 나다니는 청년들 혼내주고, 직업 없이 돌아다니는 놈들 한곳에 주저앉아 일하게 만드는 것. 일 안 하는 놈들이 불평이 많고, 이리저리 돌아다니는 놈들이 말썽을 부리는 법, 네 발로 엎드려, 허리 꺾고 다락방에 엎드려, 먼지를 한 됫박씩 먹어봐야 목이 컥컥, 배때지가 쪼르륵! 근로 조건 근로기준법 지껄여대질 않는 법. 떠들고 다니는 건 아직 배가 덜 고팠기 때문, 따지고 설치는 건 아직 허리가 덜 꺾어진 때문, 돌리고 돌려, 아, 내가 사람인가 미싱인가, 혼연일체로 돌리고 돌려, 밤인지 낮인지, 미싱이 나고 내가 미싱으로 총화단결, 일하며 싸우세, 뭐여 잠깐, 싸움은 말고 일하며 돌려, 돌리고 돌리세! 화투판에 패 돌리듯, 입학시험 뺑뺑이 돌리듯, 니 꺼는 내 꺼, 내 꺼는 내 꺼, 니 것도 내 것, 내 것도 내 것, 돌아가는 미싱소리, 조국 근대화 앞당긴다!

왕년의 바보 삼동회원들 "일주일 안에 다 개선시켜준다"는 약속이 너무나도 반가워, 시키는 대로 모두 취직을 하였으니 태일은 삼미사 재단 보조가 되었더라. 이름도 거창한 근로기준법의 근로기준 국장이 다 들어주겠다는데, 재단사니 보조니 따질 판이 아니었다.

일주일이 가고, 며칠이 지나도 감감무소식, 근로 조건 개선은커녕 지나가는 개미 한 마리 보이지 않더라.
태일이 근로감독관을 찾아가, 애시당초 들어줄 생각이

전혀 없었다는 걸 알고 나서, 말로서는 안 되겠다 싶어 노동청 정문에서 데모를 하자고 제의한다. 10월 20일은 노동청에 대한 국정감사가 있을 예정이라, 그 기회를 이용하여 노동청의 약점을 세상에 드러낼 셈이었다.

데모라는 말에 겁을 먹은 회원들, 우리가 무얼 안다고 데모인가. 데모는 대학생들이 해서 대모 아닌가, 데모도 학생찡이 있어야 하는 법, 좀 더 배워가며 천천히 하자. 태일이 답답하여, 데모가 별거더냐, 힘없는 사람이 몸으로 싸우는 것, 억울한 이들이 목 터지게 외치는 것, 데모도 때가 있어, 선거 끝나고 나면 할 수도 없고, 해봐야 말짱 도루묵이라.

태일이 주저앉으려는 회원들을 일으켜 세우고, 주춤거리는 회원들 보듬어서, 드디어 10월 24일 오후 1시에 평화시장 국민은행 앞길에서 데모를 하기로 결의했다. 데모할 때 외칠 구호는 "근로기준법을 준수하라!" "일요일은 쉬게 하라!" "16시간 작업에 일당 백 원이 웬 말이냐!"

10월 24일, 눈치 빠른 경비원들 곤봉 들고 노동자들을 해산시키려 옥신각신 나투는 중에 오형사가 태일을 불러 이르기를, 망둥이가 뛰니까 꼴뚜기가 뛴다고, 뭐, 데모, 데모 좋아하는 놈들 두부 한 모 먹여줄까, 어디 데모 너희들 마음대로 해보아라. 조롱을 하며, 서로 좋은 것이 좋은 것 아니냐고 꼬이는데, 좋은 것은 그쪽이요, 그럴 때만 서로를 찾소, 태일이 격분하여 뛰어나가려니 그때서야 당황하여, 11월 7일까지는 해줄 테니, 참고 기다려보라. 현실을 생각하라며 사정하였다. 참는 데는 이골이 난 터, 기다리는 것이야 국가대표급, 11월 7일까지 한 번 더 기다려보기로 하고 물러난다.

자고로 현실을 이야기하는 것들을 조심하라. 현실이 목구멍, 목줄을 매고 시키는 대로 끌고 가려는 것, 현실을 알라고? 배고픈 줄 모른다고? 현실로 말하자면 누가 더 잘 알까. 배고픈 걸로 말하자면 누가 더 굶주렸을까. 현실을 모른다 말하지 마라. 현실은 말로 아는 게 아니다. 배고픔은 말로 아는 게 아니다. 창새기가 꼬여서 등짝에 달라붙는 현실은, 안다 모른다 할 것이 아니다. 굶주림은 굶어봐야 알고, 현실은 겪어봐야 아는 법, 말로 아는 현실, 말로 하는 배고픔, 그건 현실이 아니라 목을 조이려는 비현실의 속임수, 현실을 알라 하지 말라, 현실은 알고 모르고 하는 것이 아니라, 네 발로 기고, 허리가 꺾어지고, 창새기가 등허리에 붙는 것.

좋은 게 좋다는 말을 경계하라. 뽕도 따고 임도 보고, 도랑 치고 가재 잡고, 누이 좋고 매부 좋은 건 따로 있으니, 돈 앞에 너 좋고 나 좋은 게 어디 있느냐. 돈 놓고 돈 먹기, 너 죽고 나 살자, 오가는 현금 속에 싹트는 건 야바위 화투장뿐. 너 좋으면 나 죽는 것, 나 살자면 싸워야 하는 것, 그걸 모르는 모범 청소년 바보들 또 한 번 속아 넘어간다.

11월 7일, 날짜가 되었건만 아무것도 지켜지지 않았다. 태일은 심각한 얼굴로 있으나 마나한 '근로기준법'을 불사르는 화형식을 제의하며 모두 희생할 각오로 싸우자고 말하였다. "우리는 기계가 아니다!" "1주일에 한 번만이라도 햇빛을!" "하루 16시간 노동이 웬 말이냐?"

11월 13일, 시각은 역시 오후 1시. 날은 정해졌다.

태일이 근로감독관, 오형사, 노동청에게 돌아가며 속은 자신이 한탄스러워 생각하기를, 이번만은 속지 말고, 물러서지 말고 싸우리라. 더 이상 물러설 데도 없으니, 그동안 거쳐 온 가난과 모멸과 차별과 학대의 날들이 무임승차로 지나가는데, 평화시장 다락방에서 피 토하며 혹사당하는 어린 누이들과 형제들의 창백한 얼굴이 앞을 가린다.

그들을 속인 것이 어디 사람뿐이랴. 목숨처럼 믿어온 근로기준법, 노동자들 속여먹는 허울 좋은 법, 지켜지지 않는 법이 무슨 법이더냐, 차라리 없느니만 못한 법, 없었다면 속지도 않았을 법, 있으나 마나한 법, 한 장의 휴지 쪼가리, 빛 좋은 개살구 법!

태일이 진실로 진실로 바라는 것은, 인간의 나라. 약한 자도, 강한 자도, 가난한 자도, 부유한 자도, 귀한 자도, 천한 자도, 차별이 없는 평등한 인간들의 나라, 평화시장을 기어 다니며 자신이 새라는 걸 잊은 비둘기들이 하늘을 훨훨 나는 대동 세상, 참된 사랑을 나누며 살아가는 세상, '덩어리가 없기 때문에 부스러기가 존재할 수 없는' 나라. 기계 취급을 받는 노동자들이 인간다운 대접을 받는 나라, 쓰다 버린 쪽박들, 불쌍한 현실의 패자들을 위해 자신을 태워 아름다운 색깔의 향이 되기로 마음먹는다.

세상이 말하기를 한 번 더 참으라고 하더라. 참는 걸로 치자면 이골이 난 사람. 태일이 누구더냐, 사람을 가리키는 인 자를 참을 인 자로 알아온 사람.

너희 고생하는 거 다 알고 있다. 좀만 참아라. 내가 처음으로 네게 솔직하게 하는 말인데, 한꺼번에 다하면 혼란만 일어나니까 천천히, 하나씩 해나가자. 조금만 참아라. 조금만 허리 졸라매면 좋은 날 올 거다.

참는 자에게 복이 오고, 쓴맛이 다 하면 단맛이 온다, 네미, 개나 주워 먹으라고 해라. 참는 자는 계속 참아야 하고, 쓴 것 먹으면 계속 쓰기만 하더라. 그렇게 좋은 거면 너부터 참고, 그렇게 단맛이라면 너부터 실컷 처먹어라. 뭐가 어째? 허리를 졸라매? 졸라맬 허리가 어디 있는가, 굽히고 꺾어져 기어 다니다 닳아 없어진 허리에, 솔직하고 정직이고, 삶이 그대를 속일지라도 슬퍼하거나 어쩌고 하는 말 지껄이는 놈들 아가리를 확 찢어놓으련다.

참으라고 말하지 말라, 참는 데는 이골이 난 몸. 허리 조르라고 하지 말라, 더 조를 허리가 없는 몸. 근면하라 말하지 말라, 새벽부터 잠을 깨어 밤늦도록 일하는 노동자. 검소하라 말하지 말라, 사치하려도 쓸 돈이 없으니, 부지런 하라, 성실하라, 지껄이지 말라. 손이 발이 되고, 손금마저 지워진 내 손을 보라!

11월 13일이 다가올수록, 대일의 마음이 고요하지 못하였다. 성경처럼 늘 옆구리에 끼고 다니던 근로기준법을 스스로 불사르려는 마음은 처절했다. 쏟아지는 졸음을 쫓으며 뚫어지게 보고 또 보던 책, 그의 전체이며 일부인 노동자들의 권리의 장전, 그것을 불태워버리기로 한 것이다. 있으나 마나한 법은 더럽혀진 휴지조각, 권리는 종잇조각에 지나지 않는 법조문이 지키는 것이 아니라, 활활 타오르는 불이 지키는 것, 평화시장을 보라! 그것이 현실이고, 법이다.

이즈음 태일의 거동이 어딘지 모르게 수상하여 어머니는 불안했다. 방 청소를 하는데, 근로기준법 책이 눈에 띄어, 보기만 해도 징그러운 책, 저놈의 책 때문에 무슨 일이 날 것만 같은 불길한 예감에, 어머니는 부엌에 걸려 있는 빈 솥 안에다 책을 숨겼것다.

11월 12일, 태일이 집과 가족을 영원히 떠나는 날의 아침이 다가왔다. 태일이 새벽부터 정성스레 세수하고, 방을 깨끗이 정돈한 뒤, 거울 앞에서 머리를 빗고, 작업복 바지도 새로 다려 입고, 입지 않던 검정 바바리코트를 꺼내어 먼지 털어 걸쳐 입고, 근로기준법 책을 찾는데 보이지 않는다. 이리 찾고 저리 뒤져 온 방안을 안달이 나 찾는 것을 보다 못 한 어머니, 그런 책은 무엇 하러 찾느냐, 다른 것은 다 어머니 말씀대로 할 수 있어도 이 일만은 어쩔 수 없는 일, 책을 안 내준다고 화를 내니, 어머니가 하는 수 없어

솥에 든 책을 꺼내준다. 태일이 이를 받아들고 한참 들여다 보는데, 솥에 밥이 있어 사람을 먹여 살리듯, 이 책이 노동자 들 힘이 되는 밥이 되었다면 얼마나 좋으련가. 가련하다 빈 솥 안의 책이여, 너를 꺼내어 세상에 불을 피울 것이니, 네가 지키지 못한 밑바닥 인생들의 발이 되고, 허리가 되고 밥이 되거라.

태일이 집에서 마지막 밥상을 받는데, 오늘도 라면이라. 밥상의 어린 동생들에게 이르기를, 엄마 말씀 잘 들어라, 그래야 부끄럽지 않게 산다. 여동생 순옥이 밀린 학비를 조심스레 말하기를 "오빠, 15일까지 돈 좀 안 될까?" 그 말에 태일이 고개를 떨구며 미안하다 한마디를 남기고는 비우지 못한 밥그릇을 밀어놓고 자리에서 일어서더라.

1970년 11월 13일.

아침부터 시커먼 구름이 찌뿌듯하고, 평화시장에는 까마 귀 같은 경비원들, 경찰대가 이곳저곳 진을 쳤다. 업주들이 종업원들에게 이르기를 "오늘 몇몇 깡패 같은 놈들이 주동 이 되어 좋지 못한 움직임이 있으니 절대로 가담해서는 안 된다", 경비원과 형사들은 골목을 막아 노동자들을 못 나오게 하였으나, 삽시간에 500명이 국민은행 앞길에 모였더라.

 태일이 '우리는 기계가 아니다'고 적힌 플래카드를 들고 나오자, 형사들이 달려들어 몸싸움이 벌어졌다. 종이로 만든 플래카드는 사정없이 찢어지고, 삼동회원들이 형사들에게 심하게 얻어맞고 끌려갔다. 회원들이 약이 올라 "플래카드 없으면 못 할 줄 아느냐!" 소리치며 국민은행 앞길로 뛰어 내려가려 하니, 태일이 친구들에게, 먼저 내려가서 담뱃가게 옆에서 기다려라. 좀 있다 가겠다 이르더라.

 친구들이 태일을 남겨두고 국민은행 앞길로 내려가, 경비원과 경찰의 몽둥이에 맞서 일진일퇴 몸싸움을 벌이는데, 태일이 근로기준법 책을 가슴에 품고 내려왔다.

 태일이 몇 발자국을 걷는데, 그 위로 불길이 치솟으며 순식간에 불덩이로 휩싸인다. 불길에 둘러싸인 태일이 거리로 뛰어나가며 외치는데,

 "근로기준법을 준수하라!"

 "우리는 기계가 아니다! 일요일은 쉬게 하라!"

 "노동자들을 혹사하지 말라!"

 처절한 외침이 이어지다가 입으로 불길이 들어차 비명처럼 들리더라, 태일의 온몸이 불길에 휩싸이자, 주변에선 놀라서 불을 끌 엄두도 내지 못하다가 누군가 잠바를 벗어들

고 불길을 덮었다.

태일의 몸은 이미 숯덩이가 되어, 눈꺼풀은 뒤집히고, 입술은 퉁퉁 부르터서 알아보지 못할 지경이라. 그 와중에도 태일이 사력을 다해 "내 죽음을 헛되이 말라!"고 외치었다.

태초에 불이 있었다

이제 더 참지 않으리니, 허리 펴고 나가리라. 어둠의 밑바닥 뚫고 나와 세상천지 훤히 밝힐 횃불, 이 한 몸 불살라 칠흑 세상 밝히리니, 네깟놈들이 뭘 하느냐고, 까불다가 허리 부러진다고, 운동이고 노동이고 시키는 일이나 입 다물고 고분고분, 시다는 미싱 부리고, 보조는 시다 부리고, 재봉사는 보조 부리고, 있는 사람이 없는 놈들 부리는 것이 하늘의 이치, 태초의 법, 법대로 해보자구, 형사는 을러대고, 근로감독관은 알았으니 놓고 가라, 상인회는 조금만 참으라, 부리고 미루고 속이고 옥바지르는 법, 그냥 한번 해본 법이라고, 그냥 만들어 놓은 법이라고, 어디 그냥 법도 법이더냐, 휴지조각보다 못한 법, 싸질러 불이나 붙여보자.

그냥 해본 말, 그냥 만들어놓은 법, 부리고 속이고 짓밟는 놈들, 어둡고 차가운 뒷골목, 불살라버리자!

태일이 스스로 자신을 불사르자, 소문은 순식간에 평화시장 일대에 퍼지고, 삼동회원들은 슬픔과 분노에 몸부림치며 목이 터지라 외쳤다.

"우리는 기계가 아니다!"

삼동회원들은 손가락을 깨물어 피로 쓴 플래카드를 펼쳐 들고 긴급 출동한 기동경찰과 혈투를 벌이다가 경찰의 곤봉에 머리가 깨어지고 구둣발에 짓밟히면서 경찰서로 끌려갔다.

급히 소식을 전해 듣고 병원으로 달려온 어머니, 성경책을 태일의 머리맡에 놓아주니, 태일이 퉁퉁 부은 입으로 말하기를,

"어머니 담대하세요. 마음을 굳게 가지세요. 어머니, 우리 어머니만은 나를 이해할 수 있지요? 나는 만인을 위해 죽습니다. 이 세상의 어두운 곳에서 버림받은 목숨들, 불쌍한 근로자들을 위해 죽어가는 나에게 반드시 하나님의 은총이 있을 것입니다. 어머니, 걱정 마세요. 조금도 슬퍼 마세요.

두고두고 더 깊이 생각해보시면 어머니도 이 불효자식을 원망하지 않을 것입니다. 어머니, 저를 원망하십니까?"

어머니는 흉하게 탄 아들을 바라보며,

"나는 너를 이해한다. 원망하지 않는다."

태일이 몸을 움찟거리며,

"어머니, 내가 못다 이룬 일 어머니가 꼭 이루어주십시오. 어머니, 나는 죽을 겁니다. 옷에 스펀지까지 넣었어요. 빨리 불사르려고. 어머니께 이 추한 모습 안 보여주려고. 나 살리려고 다른 약 구한다, 주사 놔준다, 애쓰지 말고 내 말 꼭 들어줘요. 내 말 안 들어주면 나중에 천국에서 엄마 만나도 안 볼 겁니다. 내 말 들어준다고 꼭 대답해주세요."

흘러나오는 눈물을 닦으며 어머니가 약속한다.

"아무 걱정 마라. 내 목숨이 붙어 있는 한 기어코 내가 너의 뜻을 이루리라."

태일이 어머니에게, 들어주겠다고 더 크게 말해달라며, 정말 할 수 있겠느냐 세 차례나 되물었다.

뒤늦게 동료들이 달려오는데, 태일이 이르기를,

"우리가 하려던 일, 내가 죽고 나서라도 꼭 이루어주게. 아무리 어렵더라도, 절대로 포기해서는 안 되네. 쉽다면 누군들 안 하겠나? 어려울 때 어려운 일 하는 것이 진짜 사람일세. 내 말 분명히 듣고 잊지 말게. 내 죽음을 헛되이 말라!"

태일이 친구들에게 대답을 요구하니, 슬픔에 겨운 친구들이 미처 대답을 못 하더라. 태일이 벌떡 일어날 듯 몸을 움직이며, 왜 대답하지 않는가 소리치니, 놀란 친구들이 꼭 하겠다고 맹세하더라.

병세가 위중하여 명동 성모병원으로 옮기는데, 차에 함께 탄 근로감독관에게 태일이 "내가 죽어서도 기준법이 준수되나 지켜볼 것이오." 하더라.

성모병원에 도착하여 저녁이 될 무렵, 한동안 혼수상태에 빠졌던 태일이 문득 눈을 뜨고 힘없는 소리로 배가 고프다 하였다. 집 떠날 때 뜨다 만 라면 한 그릇이 세상의 마지막 식사였으니, 배고프다는 말, 태일이 마지막으로 남긴 말이었다.

밤 열 시를 지나 간호원이 침대를 옮기는 순간, 태일이 고개에 힘을 주려 하다 숨을 거두니, 그의 나이 스물둘이라.

서럽고 서러워라, 스물두 해 봄날처럼 짧은 생애, 뜨겁고

뜨거워라, 어느 불이 그를 사를 수 있으랴, 어느 세월이 그를 지울 수 있으랴. 그의 목소리, 영원한 불꽃으로 피어나니, 태초에 불이 있었다.

　나를 아는 모든 나여.
　나를 모르는 모든 나여.
　나를, 지금 이 순간의 나를 영원히 잊지 말아주게.
　그리고 바라네, 그대들 소중한 추억의 서재에 간직하여주게.
　뇌성 번개가 이 작은 육신을 태우고 꺾어버린다고 해도,
　하늘이 나에게만 꺼져 내려온다 해도,
　그대 소중한 추억에 간직된 나는 조금도 두렵지 않을걸세.
　그리고 만약 또 두려움이 남는다면 나는 나를 영원히 버릴걸세.
　그대들이 아는, 그대 영역의 일부인 나
　그대들의 앉은 좌석에 보이지 않게 참석했네.
　테이블 중간에 나의 좌석을 마련하여주게.
　그대와 그대의 중간이면 더욱 좋겠네.
　그대들이 아는, 그대들의 전체의 일부인 나

힘에 겨워 힘에 겨워 굴리다 다 못 굴린,

그리고 또 굴려야 할 덩이를 나의 나인 그대들에게 맡긴
채

잠시 다니러 간다네, 잠시 쉬러 간다네.

반지의 무게와 총칼의 질타에

구애되지 않을지도 모르는, 않기를 바라는

이 순간 이후의 세계에서

내 생애 다 못 굴린 덩이를, 덩이를

목적지까지 굴리려 하네.

이 순간 이후의 세계에서 또다시 추방당한다 하더라도

굴리는 데, 굴리는 데, 도울 수만 있다면

이룰 수만 있다면……[2]

• •

2. 태일의 마지막 편지.

| 창작판소리 |

판소리 전태일

임진택

1. 이소선의 태몽胎夢

〈아니리〉

오늘 이야기가 누구 이야긴고 하니, '아름다운 청년' 전태일 이야기여. 1970년 11월 13일, 청계천 평화상가 앞에서 근로기준법 책을 껴안고 온몸에 불을 지르고 죽어간 청년 노동자 전태일이 이야기다 이 말이여.

헌디 전태일이 이야기를 할려면 그 어머니, '이소선 어머니' 이야기를 함께 해야되아. 왜? 전태일의 탄생이 어머니와의 인연이었듯이, 전태일의 죽음이 또 어머니와 맺어져 있었거든.

이소선이 열아홉 살 되던 1947년, 대구 사람 양복쟁이 전상수라는 사람한테 시집을 간즉, 부부의 연으로 새 생명을 잉태하는디,

〈세마치〉

하루는 이소선이 와룡산을 오르는데
가파른 산길이라, 자꾸 미끄러져 넘어지는지라.
너무 숨차고 힘들어서
"아따 모르겠대이."

돌아서서 내려가려 할 제,

이때여 산 위에서 누가 부르는 소리,

"소선아, 너는 올라올 수 있다.

아니 반드시 올라와야 한다."

소선이 무엇에 붙들린 듯 다시 산을 기어 올라가는데,

오르다가 미끄러지고 또 오르다가 미끄러지고……

숨을 할딱 할딱거리면서 꼭대기에 다다르니

수염 허연 산신령이 지팡이 들어 탁!

커다란 바위가 쫙 갈라지더니,

그 안에 노란 메주콩이 바글바글바글……

"산신령님, 이게 뭔가예?"

"저 금호강 물이 이 와룡산 위로 거슬러 올라와

이 돌 안의 콩들을 불게 할 것이니라."

소선이가 의아할 제, 이게 웬일이냐?

바위 안에 물이 차오르더니만,

콩들이 불어나서 돌들을 밀치면서

산 위로 쑥쑥 솟아올라

와룡산 봉우리 산등성이를 넘어

사방으로 굴러 내려간다.

소선이 황망 중에 정신이 혼미할 제,

산신령은 간데없고 목소리만 우렁우렁우렁……

"저 콩이 세상 여기저기 뿌리내려 열매를 맺어야

모든 백성이 원 없이 먹고 살게 된다."

번개가 번쩍! 몸속으로 휘이이이익……

우르르르르룽 쾅! 소선이 깜짝 놀라 깨어보니

홀연한 일몽이라.

〈아니리〉

태몽인지라, 산기가 있더니 낳아 놓은즉 떡두꺼비 같은
아들이라. 할아버지가 이름을 태일泰一이라 지어주었지. 클
태에 한 일자 전태일.

태일이가 태어난 해가 1948년 8월, 대한민국 정부 수립
직후인디, 세 살 되던 1950년 아버지가 일자리 찾아서 부산
으로 이사를 갔는디, 바로 6 ·25사변事變이 났지. 아버지 전상
수가 미군부대 군복 나온 것 개조해서 돈을 꽤 벌었는디,
전쟁이 끝나던 해, 아니 멈추던 해, 엄청난 장마 폭우가
와서 염색해논 옷감이 싹 떠내려가 버렸어. 홀딱 망해 빚더
미에 올라앉은지라, 별수 없이 온가족이 아무 연고도 없는
서울로 올라가 떠돌이 생활을 하는디,

2. 어린 시절 서울생활

〈잦은모리〉
서울이라 하는 곳이
눈 감으면 코 베가는 험한 도시인디,
갈 곳 없는 다섯 식구 이리저리 헤매다가
염천교 다리 밑에 거적치고 자리 잡아 겨우 연명해나간다.
이때여 이소선은 자식들 멕여 살릴려고
남이 버린 채소 주워다 우거지 삶아 팔아도 보고
염천교는 안 되겄다 차마 동냥은 안 되겄다
남의 기와집 처마 밑에다가 가마니 한 장 깔아놓고
얼기설기 장작 지펴 팥죽이라도 쑤어 갖고
낮이 되면 딸아이 업고 팥죽 팔러 다니다가
밤이 되면 지친 몸으로 처마 밑으로 돌아오니
일곱 살 먹은 태일이가 지 엄마를 생각해서
동네방네 돌아다녀 나무토막을 주워다가
팥죽 끓일 장작을 미리 장만을 하는구나.
될성부른 나무는 떡잎부터 알아본다고
나어린 태일이 어른스러운 행동이
눈물겹도록 대견하기만 하더라.

〈아니리〉

그렇게 모은 돈으로 천막집을 겨우 마련해서 재봉틀 하나 들여놓고 전상수가 일을 시작한즉, 태일이도 아홉 살에 초등공민학교에 들어가 처음 공부를 하게 되었지. 이때가 어느 때냐 하면 1960년, 독재자 이승만이 부정선거로 종신 집권을 꾀하던 때여. 어떤 브로커 한 놈이 학교 교복 주문을 미끼로 동업을 제안하거날, 전상수가 빚을 내어 수천 벌 체육복을 겨우 납품하였는디, 4·19가 일어나서 그 와중에 브로커놈이 옷값 몽땅 떼어먹고 행방을 감춰버린 거여. 다시 길바닥에 나앉았것다.

3. 부산 영도에서의 죽음 체험

〈아니리〉

열세 살 태일이가 식구들 먹여 살리려고 C-레이션 박스에다 물건 담아서 행상을 시작하는디, 옷솔에 구둣솔, 조리, 방비, 석쇠, 수세미, 쓰레받기에 삼발이…… 요 박스 안에 없는 것이 없어. 허나 적자는 쌓여가지, 감당 못 한 태일이가 남은 물건 보관소에 맡겨놓고 가출을 해버렸구나.

〈중모리〉

열세 살 한 소년이 허기진 모습으로

부산 부두를 걸어간다.

나는 왜 언제나 이리 배가 고파야 하고

다 떨어진 운동화에 헌 옷을 걸쳐 입고

이리 저리 헤매이나.

영도섬은 옛날 내가 살던 곳.

그곳에 가면 그 누가 밥 한 끼 준단 말가?

소년의 눈앞에 영도다리가 보이고

그 아래 길게 늘어진 방파제가 나타난다.

"그래, 방파제 끝까지 가보면

조개새끼라도 있을지 몰라."

허청허청 걸어갈 제, 갑자기 사이렌 소리, 웽 —

육중한 영도다리가 하늘을 향해 올라가고

큰 배가 지나노라 파도가 일더니만

방파제에 와서 부딪친다.

이때여 소년 눈에 무엇이 얼른얼른……

"저것이 무 토막인가? 양배추 속갱인가?"

그 순간 소년이 무작정 바닷물로 뛰어든다. 풍! —

"아차, 너무 깊구나. 어푸어푸."

잘못하면 죽는다는 공포가 엄습하고

다음 동작은 거의 본능적으로 허우적거린다.

소년의 뇌리에 아버지와 어머니, 동생들

다정한 얼굴들이 주마등처럼 지나가고

다만 살아야 한다는 욕망만이 죄어온다.

까마득한 공간으로

소년의 기억이 빨려 들어가더니

가물 가물 가물…… 깜빡!

이윽고 모든 것이 멈췄구나.

〈아니리〉

얼마나 지났을까? 정신을 차려본즉, 방파제 한쪽 켠에
자기가 누워 있고 사람들이 혀를 끌끌 차며 동정하고 있는
거라. 어떤 어부가 그물을 고치고 있다가 태일이 빠진 걸
발견하고 건져 구해준 거지.

4. 영천역과 역전 식당에서 벌어진 일

〈아니리〉

태일이가 서울로 돌아가기로 마음먹고, 부산진역에서 새벽 기차를 몰래 올라탔것다. 짐짝 속에 숨어 깜박 잠이 들었는디, 종착역에 내려 본즉, 겨우 영천이라. 경북 영천! 역 대합실 벤치에 누워 허기진 배를 달래고 있는디, 어떤 새색시가 어린아이를 달래다가 아이가 사납게 울어대니까 그냥 아이를 업고 대합실을 나가버린단 말이여. 그런디 어랍쇼. 건너편 벤치 그 자리에 아이 달래려고 깎아둔 큼직한 사과가 그대로 놓여 있는 것 아닌가? 태일이가 눈이 휘둥그레져갖고는……

〈휘모리〉

태일이 거동 봐라 태일이 거동 봐.

역 대합실을 재빨리 살피더니,

벌떡 일어나서 잽싸게 달려가더니만

단숨에 사과를 움켜잡고 와작와작……

미친 듯이 씹어 먹다가,

너무 급히 먹느라고 현기증이 나서,

벤치 밑으로 굴러 떨어진다.

몽롱한 의식 속에서도 눈앞이 트여오는디,

"어라, 대합실 바닥에 똘똘 말은 백 원짜리……!"

태일이가 두 눈을 꼭 감았다 다시 떠보더니

백 원 뭉치를 확! 나꿔채갖고는,

역전 바로 앞 식당으로 달려간다.

식당 문은 열려 있고 주인 노파 혼자서 마냥 졸고 있는데

태일이가 들어가자 실눈을 치켜뜨고

"웬 문둥이가 들어왔나?" 귀찮은 표정이라.

태일이 눈치 채고 백 원짜리 한 장을

목판 위에다가 탁! ―

"할머니, 인절미 백 원어치만 주시오." (요새 돈 만 원!)

할머니가 두 눈이 휘둥그레지며

큰 쟁반에다가 인절미를 하나 가득 수북하게 담아 주더니

흰 떡고물을 한 주먹 덤뿍!

태일이가 인절미를 먹는디, 태일이가 인절미를 먹는디,

털도 않고 입에 넣고 씹도 않고 꿀꺽!

털노 잃고 입에 넣고 씹도 않고 꿀꺽!

정신없이 물도 안 마신 채,

털도 않고 입에 넣고 씹도 않고 꿀꺽!

일거일동을 주시하던 노파가

"아야, 좀 천천히 묵으래이. 언치겠다. 물도 묵고……"

"할머니, 시방 휘모리장단 걸어 놔갖고 천천히 묵을 수가
없심더."

"뭐라꼬, 휘모리장단이라꼬?"

"예, 휘모리장단."

털도 않고 입에 넣고 씹도 않고 꿀꺽!

태일이가 인절미를 한 쟁반을 혼자서 다 처먹더니만,

"아이고, 아이고 배야."

일거일동을 주시하던 노파가

"싸다 싸. 인절미 한 쟁반을 혼자 다 처먹은 놈은 내
처음 봤대이."

"아이고 할머니, 약 좀 사다 주시요."

"약? 돈은 누가 내고?"

"할머니, 돈 여기 있심더. 백 원." (요새 돈 만 원.)

할머니 거동 봐라 할머니 거동 봐.

돈을 보더니만 안심이 됐는지

총알같이 뛰쳐나가 약방으로 달려가서

활명수를 사 왔구나.

태일이가 단숨에 후르르르룩 마셔 놓으니,

아픈 배가 그냥 씻은 듯이 그 자리서 싹—
나았던가 보더라.

5. 서울로 떠나는 어머니

〈아니리〉

태일이가 그날 늦게 달성 외할머니 집으로 갔는디, 뜻밖에 가족들이 대구 내려와서 산다는 소식을 들었지. 1년 만에 부모 형제 상봉해서, 친척들이 도와준 덕분에 아버지도 미싱일 다시 시작하고, 태일이도 미싱일 배우면서 돕고 지내던 중, 청옥고등공민학교를 다니게 되었것다. 전태일이 남긴 수기를 볼작시면 청옥학교 다니던 때를 가장 행복한 시절로 회상하고 있거날, 그마저도 얼마 못 갔지. 아버지가 일이 바쁘다고 학교를 못 다니게 했거든.

태일이 생각에 배움을 빼버리면 희망이 없는지라, 고학이라도 하겠다고 동생 데리고 서울로 갔다가, 추운 겨울 사흘을 못 버티고 돌아왔지. 아버지는 매일 폭음에 툭하면 어머니한테 화풀이하고, 방세는 밀리고, 큰집 작은집 어른들은 어머니가 자식 버릇 나쁘게 키웠다고 비난하니, 힘들고 괴로운 거 우리 어머니뿐이라.

〈진양조〉

불쌍하신 어머니

불도 안 들인 냉방에서

어머니 오기만 기다리는 자식들

어떻게든 멕여 살리자고

차가운 진눈개비 맞아가며 왼종일 헤매시는 어머니

메마른 세상에서 온갖 시련 혼자 감당하는

가여운 이 여자를

하늘 아래 어느 누가 존경 안 할 수 있으리요.

하루는 어머니 자식들을 앉혀놓고

붙잡고 펑 펑 우시면서 뜻밖의 말씀을 하시는디,

"너희만은 내 마음을 알아줄 터,

아버지는 자포자기 방황하고 일가친척들은 날 욕하니

내가 함께 이렇게 있는 것이

너희들 배를 곯게 하는구나.

나 하나가 없어져야 이 집안이 화평할 터,

나는 이 길로 서울 가서

주방일 식모살이를 해서라도

돈을 벌어 어떻게든 부칠 테니
태일이 너는 동생들 잘 돌보고
아버지한테 매 안 맞게 조심해서 지내거래이, 알겠나?"
태일이 막힌 가슴
천 갈래 만 갈래로 찢어지는구나.
다음날 아침은 설날인데
어머니는 남편 몰래 집을 나서
서울 가는 새벽 열차 홀로 몸을 실었더라.

6. 태일이 엄마 찾아 서울 생활하는 대목

〈아니리〉

어머니 떠나신 후 아버지는 노발대발 야단이 났지. 막내 여동생은 종일 울고 있고…… 태일이가 정월 보름날, 여동생을 업고 어머니 찾아 서울로 떠나는디, 이때가 1964년, 태일이가 서울 거리를 헤매는 데서부터, 청계천 평화시장 맞춤집 찾아가는 데까지 떠돌이 생활이 파노라마로 펼쳐지는디, 엇모리장단 파노라마렸다.

〈엇모리〉

태일이 거동 봐라 태일이 거동 봐

넓디넓은 서울에서 어머니 찾아 헤매는디

거리마다 식당들을 낱낱이 들러보고

골목골목 밥집들을 샅샅이 뒤져보고

아무리 찾아본들 모래밭에 바늘 찾기요

한강에서 단추 찾기라.

급기야는 여동생이 콜록콜록 거리더니

온몸이 고열이라

적십자병원 문 앞에다가 버려놓고 도망치려다

이러다 어린동생 죽을 수도 있는지라

서울시 모처 찾아가서 사정사정 부탁해서

보육원에 맡겼더라.

눈보라는 몰아치고 찬바람이 쌩 — 쌩 —

두 다리는 후들후들 이빨이 다 덜덜

입은 옷은 여름옷이요 신발은 짝짝이라.

낮에는 구두닦이 "구두 닦쇼."

저녁에는 신문팔이 "신문이요 신문……"

통금시간 가까워지면 담배꽁초 주위 모아

한 푼이라도 더 보태고

잘 곳이 어디 있나.

덕수궁 대한문 옆에 가마니 덮고 잘 적에

어느덧 봄이 왔는디

어느 날 태일이가 구두를 닦고 있다가

깡통 차고 지나가는 흥태를 발견한다.

"얼씨구나 만났네 절씨구나 만났어.

작년에 봤던 두 형제가

죽지도 않고 또 봤어."

한편으로는 두 형제가 어머니 행방 수소문

또 한편으론 일자리 찾아 서울 거리를 누비는디

때마침 생긴 새 직업이 리어카 짐 뒤밀이라.

서울역에서 동대문까지 리어카를 밀고가면

때에 절은 난닝구샤쓰 김이 무럭무럭……

하루는 동대문 근처 서울운동장

청계천 도로 전봇대에 구인 광고가 붙었는디

평화시장 어느 맞춤집 '시다 구함'이라.

태일이가 그 다음날,

찬물로 목욕히고, 헌 옷 기워 입고

평화시장 맞춤가게 당당 쭈뼛 찾아가는구나.

7. 평화시장의 내력과 시다 생활

〈아니리〉

가본즉, 상호가 '삼일사'라. 요 삼일사가 들어 있는 건물이 바로 '평화시장'인즉, 이 평화시장이 어떻게 생겨난 것인지 한번 그 역사를 되돌아보는디,

〈단중모리〉

평화시장은 한국전쟁 때 월남해온 피난민들이
청계천변 판자촌에 재봉틀 한두 대씩 놓고
옷을 만들어 팔던 것에서 생겨난 곳이라.
이농민들까지 모여들어 무허가 판자촌이
다닥다닥 달라붙어 빈민촌이 되었는디,
1958년 불이야! — 큰 불이 나서 몽땅 타버리고
평화시장 재건위가 결성되어 주식회사가 설립될 제
정부에서 "더럽고 악취 나는 청계천을 정비한다."
복개 공사를 시작하니,
1962년 복개된 광장 한쪽 편에
콘크리트로 지은 3층 건물이 세워진즉
건물 1층에는 의류 도매상들이 들어서고

2, 3층에는 피복공장들이 **빼곡**하게 들어차니
평화시장 이 아니냐.

〈잦은모리〉
태일이가 그날부터 시다생활을 시작한다.
시다가 무엇이냐 왜놈말로 시다바리
우리말로는 보조원이요, 기술 배우는 견습공이라.
비좁은 다락방에 미싱사와 시다들 서른 명 넘는 인원들이
빽빽하게 끼어 앉아 종일 일을 하는디
드르륵 드르륵 지지직 지지직
드르르르르륵 지지지지지직
끊임없는 재봉틀 소음에 섬유 원단 약품 냄새
옷감 자른 분진들로 온통 먼지구덩이라.
아침부터 밤중까지 옷감 들고 나르고
실과 단추를 준비하고 실밥 뜯어 정리하고
무엇보다 힘든 일은 앗! 뜨거운 다리미질
하루에도 수십 번을 사다리 타고 오르락내리락
오르락내리락 내리락오르락
툭 하면 욕먹고 아차 하면 야단맞고……
"어이, 시다." "1번 시다." "2번 시다."

"어이 5번." "어이, 6번."

이름은 없고 숫자만 있는 따라지 인생이로구나.

〈아니리〉

이렇게 일한 시다 첫 월급이 천오백 원, 일당으로 오십 원 꼴이라 (요새 돈으로 일당 오천 원, 한 시간 시급도 안 돼) 하루 하숙비에도 모자라니, 태일이가 새벽에는 구두 닦고, 밤에는 껌을 팔아 모자라는 생활비를 벌충했다고 하더라.

그러던 차에 드디어 어머니를 찾았지. 남산동에 무허가 판잣집 방을 얻어 세 식구가 살게 되었는디, 때마침 삼일사 주인이 태일이를 미싱 보조로 올려주니 월급이 삼천 원. 아버지한테 배워둔 재봉 기술이 도움이 된 것이라. 그러던 중 뜻밖에 아버지가 서울에 나타났어, 큰딸 데리고…… 어쩔 것이여, 합쳐야지. 막내도 보육원에서 찾아와 온가족이 함께 살게 되었는디, 남산동 판자촌이 큰 불이 나서 싹 타버렸어. 재개발하려고 고의로 낸 불이라는 소문이 나돌았는디, 그 통에 태일이네는 도봉산 아래 황량한 공터로 쫓겨갔것다. 거기가 요새 쌍문동이여.

8. 재단사의 길: 시다의 꿈 – 피 토하는 미싱사

〈아니리〉

식구들 다 나서서 벌어도 생활은 더욱 궁핍한지라, 태일이가 '통일사'란 데로 직장을 옮겼지. 미싱사 자리를 얻은 거여. 급여가 올라서 육천 원. 그런디 미싱사로 일해 보니 주인과 직공 간의 불평등한 관계가 눈에 보이더란 말이여. 요새 말로 갑을 관계! 억울한 느낌이 드는디, 그런 문제에 있어 재단사 위치가 중요하다는 걸 알았지. 아하, 재단사가 돼야겠구나. 마침 '한미사'라는 데서 재단 보조 구한다고 하길래 거기 취직을 했것다. 월급이 줄어 삼천 원이 됐지만, 감수하고 새 출발을 하는디,

〈세마치〉

시다들은 이름이 없죠. 내 이름은 5번 시다.
초등학교도 못 나온 열세 살 소녀랍니다.
서울에는 잘 곳이 없어
다락방 2층이 저희 기숙사랍니다.
허리 한번 제대로 못 펴고
햇빛 한번 보지 못하고

하루에 열네 시간 아니 열다섯 시간

재봉틀처럼 밤낮없이 일을 해도

우리가 받는 돈은 한 달에 삼천 원 하루 백 원꼴,

커피 두 잔 값이 안 된답니다.

왜 어린 나이에 이런 일을 하냐고 묻지 마세요.

내가 받는 월급으로 우리 오빠 학비를 보태야 해요.

점심때는 밥값이 없어 수돗물로 배를 채운답니다.

내 또래 다른 친구들은

교복 입고 중학교엘 다니는데

나 같은 처지에는 모두 헛된 꿈이야.

꾸어봤자 도로 깰 뿐이야.

하루빨리 미싱사 보조 되고 미싱사 되는 것만이

우리 같은 시다의 유일한 꿈,

희망이랍니다.

〈중모리〉

왜 우리 공장의 창문들은 죄다 막아 놓았을까?

밖을 내다 볼 수가 없으니

시간 가는 것을 알 수 없네.

하지만 배가 고프다 못 해

온몸의 힘이 다 떨어지고

완성된 옷더미 속에 파묻혀

시다들 모습이 안 보일 때

아직도 세 시간을 더 일해야 한다는 사실이 끔찍해……

오늘도 나는 버스 차비로

풀빵을 사서 시다들 나눠 주고

도봉동 집까지 바삐 걸어가는데

미아리에서 벌써 통금 단속.

야경꾼에게 끌려가서 꼼짝없이 파출소 신세……

새벽 4시 풀려나와 헐레벌떡 집까지 걸어가니

마루 한구석에 어머니가

아들 기다리다 잠이 드셨네.

잠깐 눈 붙이고 다시 급히 출근을 하지만

이런 날이 벌써 몇 달 반복되니

영 맥을 못 추겠네.

가난에서 벗어나는 꿈,

학업을 더 계속하는 꿈!

나의 꿈은 어디로 갔나?

가슴 속에 품은 희망이

삭은 기왓장처럼 무너진다.

〈아니리〉

그 무렵 태일이가 한미사 선임 재단 보조였던 어떤 청년을 만나 낙산동 그의 자취방에서 함께 기거를 하게 됐지. 출퇴근 시간을 아끼게 된 태일이가 통신 강의록이라도 사서 공부를 하던 중 우연히 천자문을 입수해서 한자 공부를 시작했더라. 해가 바뀌어 1967년, 설 대목을 넘기면서 태일이가 운 좋게 한미사 재단사가 되었것다.

태일이가 새 출발을 한다는 의미에서 자기 이름을 바꿀 생각을 했지. 泰昌, 泰極, 써보다가 결국 클 태에 모두 일壹, 글자 한 자만 바꿔서 도로 태일이로 되었것다.

재단사의 길을 택한 것이 직공들 편에 서서 공정하게 일하겠다는 생각에서였지만, 현실은 그렇게 녹녹하질 않았지. 사장이 미싱사 시다들에게 타이밍 약 먹여가며 밤샘 일을 시키는데도 재단사로서 그저 참고 일하라고 달래는 것뿐이니, 태일의 마음이 무거웠더라. 그러던 어느 날 충격적인 사건이 일어났으니, 미싱사 한 사람이 갑자기 각혈을 하며 쓰러진 거여. 태일이가 급히 업고 병원에 달려간즉 폐병 3기라.

〈진양조〉

세상에 서럽고 고달픈 일 많겠지만

평화시장 우리들만 할까

닭장 같은 다락방에 쪼그리고

날마다 먼지를 됫박으로 들이마시니

남아날 사람 뉘 있겠나

침침한 불빛, 독한 냄새 속에

타이밍 약 받아먹으며

밤새워 재봉틀과 싸우고 나면

정신은 멍멍하고 손발은 뻣뻣하고

폐 속은 상해버렸네

병이 나면 모든 것이 끝장이니

그야말로 밑지는 인생,

그것은 내 부서진 젊음,

그것은 내 죽어가는 생명.

시들은 목숨꽃 어디에 다시 피랴

붉고 붉어라. 피지도 못한 채 시들어버린

평화시장 피꽃이여.

9. 근로기준법을 알게 되다

〈아니리〉

피를 토하고 쫓겨난 미싱사 일로 충격을 받은 태일, 그 무렵 낙산동 자취방을 떠나 도봉동 집으로 다시 돌아왔는디, 어느 날 아버지 과거에 대해 뜻밖의 사실을 알게 되는바, 한때 대구 방적공장을 다니던 아버지가 해방 직후 노동자 총파업에 참여했다가 찍힌 인생이 됐다는 거라.

"씰데없는 생각 말거래이. 노동운동 같은 건 바보들이나 하는 짓이대이."

"노동운동? 바보?"

"허긴 근로기준법만 지켜도 세상이 좋아질 긴데……"

"근로기준법?"

〈중중모리〉

태일이가 이 말 듣고 "근로기준법이라고요?
근로자를 위한 법이 따로 있다고요?"
평화시장 헌책방을 뒤져 책을 사서 읽는디
제목부터 온통 한자라, 읽을 수가 없구나.
천자문을 찾아가며 더듬 더듬 더듬 더듬

봉사가 길을 걷듯 한 자 한 자 읽어 나가는디

본 법 헌 법 의 거, 근로자 기본적 생활 보장

태일이 가슴이 먹먹, 다음 조를 읽어 나가는디

본법이 정하는 근로 조건은 최저 기준이다.

근로 조건은 근로자와 사용자가 동등한 지위에서

자유의사로 결정해야 한다.

근로자와 사용자는 단체협약 취업 규칙과

근로 계약을 준수하고 성실하게 이행하라.

사용자는 근로자에 대해 남녀 차별 대우를 하지 못하며

국직 신앙 또는 다른 이유로 차별적 처우를 하지 못한다.

"어허 세상에 이런 법이, 이런 법이 있었네."

모르는 한자가 나오면 이웃집 대학 나온 아저씨 찾아가서

꼬치꼬치 물어가며 밤낮으로 깨쳐 나가는구나.

〈잦은모리〉

사용자는 근로 계약을 체결 시에

임금과 근로 시간 기타 근로 조건을 명시하여야 하며,

이를 위반했을 시 근로자는 손해 배상을 청구할 수 있다.

사용자는 정당한 이유 없이

근로자를 해고, 휴직 정직 감봉, 기타 징벌을 할 수 없다.

사용자는 근로자가 업무상 부상 또는 질병의

요양을 위한 휴업 기간과

그 후 30일 간은 해고하지 못한다.

근로 시간은 휴게 시간을 제하고

하루에 8시간 1주일에 48시간을 기준으로 한다.

사용자는 1시간 이상의 휴게 시간을 주어야 하며

1주일에 1회 이상 휴일을 주어야 하며

뿐만 아니라 한 달에 하루 유급 휴가를 주어야 한다.

여자와 소년의 근로에 대한 특별 조항이 있는가 하면

업무상 재해와 보상에 관련한 특별 규정도 들어 있으니

이것이 바로 근로자의 권리와 생활을 보장하는

근로기준법이라.

〈아니리〉

근로기준법을 읽고 봉사가 눈을 뜬 듯, 우물 안 개구리 밖으로 나온 듯, 세상이 환히 트였겄다. 태일이가 근로기준 법 책을 늘 옆구리에 끼고 다니면서 밤낮없이 읽고 생각을 하는디, 옛날 청옥학교 시절 영어 단어 외던 것보다 더 열심히 공부하니, 115조 맨 마지막 근로감독관 벌칙 조항까 지 싹 외었다고 하더라.

그러던 어느 날 태일이 밤늦게 시다들 먼저 보내고 청소를 대신 하다가 사장에게 들켰지. 사장이 노발대발, "허, 재단사가 시다들 시다바리나 하고, 기율이 안 서잖아? 몇 번 말해야 알아들어? 사장 말 안 듣고 시다 편드는 재단사는 필요 없어, 내일부터 나오지 말라고." 졸지에 해고를 당했것다.

10. 바보회 창립과 노동 실태 조사 준비

〈아니리〉

그 무렵 태일의 아버지 세상을 떠났으니, 죽음을 앞두고 아내에게 하는 말이, "요 베갯속을 좀 들춰보시오." 오백 원짜리 몇 장이 들어 있거날, 태일이가 아버지 술안주라도 하시라고 챙겨준 돈을 술 끊고 모아둔 거라, "당신, 남편은 잘못 만났지만 아들 하나는 잘 두었소, 그놈 하는 일 너무 말리지 마오." 마지막 유언이었더라.

아버지를 묻은 태일이, 이제 본격적으로 근로기준법을 알려나갈 방도를 강구할 제, 법으로 보장된 근로 조건도 찾아먹지 못하는 평화시장 바보들을 모아 모임을 만들기로 하는디,

〈단중모리〉

재단사들이 모여든다.

평화시장 인근에 있는 허름한 중국집에

전현직 재단사들이 조심스레 모여든다.

짜장면 한 그릇씩 뚝딱 해치우고는

전태일이 나서 기조 설명을 하는디,

"우리들 근로자는 한 사람 한 사람을

떼어놓고 보면은 먼지보다도 못 하지만

하나로 뭉치면은 바위보다 더 큰 산이라.

평화시장 열악하기 짝이 없는

근로 조건들을 개선하기 위해서는

재단사들 모임을 한번 만들어봄이 어떻겠소."

어떤 사람은 "좋소." 찬성하고

또 어떤 사람은 난처한 듯 미적미적 하는지라,

전태일이 다시 설명한다.

"노동 단체로 하면 부담스러울 수 있으니

친목 단체로 우선 시작함이 어떻겠소."

"좋소, 찬성이요." "나도 찬성." 호응할 제

아까 그 미적대던 이가 쭈뼛하게 묻는 말이

"그럼 우리 모임 이름은 뭐라고 할 것이오?"

전태일이 제안한다.

"나는 우리 모임 이름을 바보회라 하고 싶소."

"바보?" "바보?" "에이, 농담이겠지."

중구난방 설왕설래 이견이 분분할 제.

전태일이 설득한다.

"우리는 바보요. 주면 주는 내로 시키면 시키는 대로

부당한 대우를 받고도 항의 한번 못 했으니

우리는 바보요. 바보임을 인정해야 해.

바보 같은 우리가 바보로 살지 않으려면

이제 우리 스스로가 바보가 되어야 하오."

사람들이 이 말 듣고

"맞소, 우리는 바보였소."

"우리 모두 바보가 됩시다."

의기투합한 열세 명의 재단사가 바보회를 창립하고

만장일치로 전태일을 회장으로 추대를 한다.

〈잦은모리〉

바보회가 그날부터 활동을 시작한다.

쌍문동 태일이네 판잣집으로 몰려가서

밤을 새워 토론하니

요새 말로 하자면은 멤버십 트레이닝,

약칭 엠티^{MT}라.

바보회가 추진할 일을 착착 계획을 하는디

첫째가 평화시장 근로 조건 개선이요,

둘째는 조직 확장,

셋째는 평화시장 노동 실태 조사,

이렇듯 준비를 하면서, 가까운 목표를 세우는디

다락방 없애기,

노동 시간 줄이기,

작업장 전등 밝게 하기.

이리 세 가지 사항을 평화시장주식회사를 상대로

직접 건의에 나서는구나.

〈아니리〉

그러고는 태일이가 노동 실태 조사 설문지 300장을 인쇄
해서 어렵게 30여장 회수해갖고 그걸 들고 서울시청을 찾아
가니, 근로감독관이 다짜고짜

"무슨 일이야? 용건만 말해."

"알았어. 두고 가."

허, 잡상인 내몰듯 내쫓는 것 아닌가? 태일이 실망하여 이번에는 노동청을 찾아가지만 결과는 마찬가지, 피장파장 개긴도긴…… 이때부터 평화시장 업주들이 전태일을 호환마마 보듯 멀리하더니, 태일이 또다시 해고를 당한지라, 이때부터 공사판 막노동을 전전하며 힘겹게 지냈더라.

11. 어머니 이소선의 막다른 꿈 – 전태일, 삼각산의 결단

〈아니리〉

그 무렵 어머니 이소선은 영양실조로 눈이 침침해져 앞이 안 보이는지라, 동네사람 누가 교회 나가면 눈을 뜰 수 있다기에 동네 개척교회 나가서 100일 기도를 시작했지.

그때여 태일이는 삼각산 임마누엘 수도원 공사장에서 먹고 자며 막일을 하게 되었는디, 낮이면 바위를 깨고 우물을 파고, 저녁이면 꼭대기까지 리어카로 목재를 실어 나르고, 육신은 고되나 정신은 산정의 샛별처럼 빛났더라.

한 백 날 지났을까? 칠흑 같은 밤, 산 아래 도시에는 잠들지 못하는 불빛들이 반짝이는데, 태일이 적막한 밤하늘을 바라보며 고뇌를 기듭할 제,

〈진양조〉

이때여 이소선은

삼각산 올라간 태일이 앞날과

자신의 눈을 띄울 바램으로 백일기도를 드리다가

어둔 눈은 더욱 침침한디,

오늘이 마침 보름인지라

달 보기를 헐 양으로 방문 열고 내다보니

달은 안 보이고 칠흑같이 어두운데,

어허 이것이 웬일?

산봉우리로 붉은 빛이 비치더니

달이 아니라 해가 뜬다.

이소선 놀래여 눈을 꿈쩍꿈쩍 바라볼 제

이글이글 타오르는 붉은 해가

방문으로 마구 밀려온다.

깜짝 놀란 이소선이

문을 얼른 닫으려고 힘을 써도

커다란 해가 집어삼킬 듯 달려드니

소선이 겁이 나서

두 눈을 꼭 감고 양손으로 버티거날

활활 타는 해가 소선이 온몸을 탁!

소선이 벌렁 뒤로 자빠지며,

정신을 잃고 쓰러지는구나.

〈진양조〉

이 결단을 앞에 두고

얼마나 오랜 시간 망설이고 괴로워했던가

지금 이 시각 나는 완전에 가까운 결단을 내렸다.

나는 돌아가야 한다. 불쌍한 내 형제들 곁으로

내 마음의 고향, 내 이상의 전부

평화시장 어린 동심 곁으로

나는 꼭 돌아가야 한다.

〈중모리〉

생을 두고 맹세한 내가

그 많은 시간과 공상 속에서

돌보지 않으면 아니 될 나약한 생명체들

나를 버리고 나를 죽이고 가마.

조금만 참고 견디어라.

형제들의 곁을 떠나지 않기 위해

나약한 나를 다 바치마.

너희들은 내 마음의 영원한 고향이로다.

오늘은 토요일, 8월 둘째 토요일

내 마음에 결단을 내린 날.

무고한 생명체들이 시들고 있는 이때

한 방울의 이슬이 되기 위해 이리 발버둥 치오니

하느님!

궁휼과 자비를 베풀어주옵소서.

〈중모리〉

얼마나 지났을까 소선이 눈을 뜨니

세상이 보이는디 놀랄 일이 벌어진다.

집어삼킬 듯 달려들던 해가

산산조각이 나서 사방으로 튀어간다.

커다란 불덩이가 산 위에 가서 떨어지고

교회 첨탑 위에도 떨어지고

판잣집 위에도 떨어지고, 기와지붕 위에도 떨어지고

공장 담벼락에도 논밭 두렁에도

거리 건물에도 시장 골목에도

사방으로 불길이 퍼져 또 다른 불길을 만든다.

소선이 깜짝 놀래 불, 불, 불, 불,

아무리 외쳐 봐도 소리는 나지 않고

밖으로 뛰쳐나갈래도 옴짝달싹 못 하고

불, 불, 불, 불, 불, 안간힘으로 외치다가

그저 번뜩! 눈을 떴구나.

12. 삼동친목회 결성: 근로 실태 조사 확대 – 노동청에 진정서 제출

〈아니리〉

1970년 9월 태일이 평화시장으로 돌아오니, 바보회는 뿔뿔이 흩어지고…… 태일이 노동청을 다시 찾아가 진정을 했지만 또다시 외면당하고, 우연히 노동청 출입 기자를 만났는디, 기자가 하는 말이 단체 조직이 있어서 실태 조사도 하고 설문도 더 보강해서 집단으로 진정서를 제출해야 신문에 실어줄 수 있다는 거라.

그리하여 9월 16일, 열두 명의 재단사들이 은하수다방에 다시 모여 '바보회'를 '삼동친목회'로 확장하니, 평화시장, 동화시장, 통일상가 3동의 근로자들이 새롭게 깨어나는 다짐의 날이라.

〈잦은모리〉

태일이가 삼동친목회 동지들과

근로 실태 설문 조사를 재개한다.

"1개월에 며칠을 쉽니까?"

"1개월에 며칠 쉬기를 희망합니까?"

"하루에 몇 시간을 작업하십니까?"

"하루에 몇 시간 작업하는 것이 적당하다고 보십니까?"

"당신의 건강 상태는 현재 어떻습니까?"

"보건소 건강 진단을 받아본 적이 있습니까?"

"그렇게 일한 당신의 1개월 수당은 얼마입니까?"

조사 결과가 나왔는디,

"하루 작업 시간은 열네 시간.

미싱사들 작업 강도는 정신적 육체적으로 최하 노동.

시다들은 대부분이 미성년자로서

봉급은 하루 밥값도 안 되는 최하 수준."

"공장 실태를 볼작시면

환기 장치는 물론, 창문이 전혀 없고

허리를 펼 수 없는 2층 다락방 구조라.

근로자들 대부분이 신경성 소화불량에
만성 위장병에다가 끝내 폐병까지
건강 상태가 최악이라."
이렇듯 조사를 마친 후에 진정서를 만들어서
노동청장 앞으로 정중하게 보내면서
같은 내용을 신문사 방송국으로도 함께 보냈더라.

〈단중모리〉
"평화시장 피복 제품상에 종업원 2만여 명은
과도한 격무와 작업 환경의 유해 불량으로 인하여
각종 직업성 질환에 허덕이고 있으며
건강 진단도 제대로 받지 못하고 있는바,
우리 근로자들은 이와 같은 악조건 하에서는
더 이상 작업을 계속할 수가 없고
더 이상 건강을 유지할 수가 없어
당국의 강력한 시정 조치를 요구하오."
평화시장 피복 제품상 종업원
근로 조건 개선 진정서라.

13. 경향신문 기사 특보 + 회사측과 노동청의 기만

〈아니리〉

1970년 10월 6일, 삼동친목회는 노동청장에게 '평화시장 피복제품상 종업원 근로 개선 진정서'를 제출한바, 이튿날 시내 각 신문사 게시판을 오가며 기다리던 태일이가 석간신문 나오자마자 살펴본즉, 그날 <경향신문> 사회면 톱기사로 '골방서 하루 16시간 노동' 평화시장의 참상에 관한 보도가 실렸것다.

지성이면 감천이요, 두드리면 열린 것이라.

〈중중모리〉

태일이가 감격하여 바로 신문을 사서 들고

평화시장으로 달려간다.

"어허. 삼동 동지들아, 어서 나와 신문 보라.

골방서 하루 열여섯 시간, 어린 소녀 2만여 명 혹사.

거의가 직업병, 노동청 뒤늦게 고발키로……

어허, 삼동 동지들아, 어서 나와 신문 보라……"

삼동회원들 반기하여 바삐 신문을 읽어보더니만,

"신문을 더 사서 사람들에게 알리자."

전당포로 달려가서 차고 있던 탱크시계를 맡겨놓고
대출 받은 돈으로 신문을 싸그리 사온다.

"평화시장 기사 특보."

"신문이요 신문, 경향신문."

"신문 한 장에 이십 원."

"특보요, 평화시장 기사 특보요."

평화시장 동화시장 통일상가까지
건물 층층이 돌아다니며 목이 터져라 외쳐대니
어떤 사람 돈을 내며,

"한 장 주시오. 내 신문 사서 읽어보긴 처음이오."

또 어떤 사람은 백 원을 내며

"수고 많소. 이걸로 신문 더 갖다 팔으시오."

신문 300부가 삽시간에 팔렸구나.
그날 저녁 평화시장은 잔치 분위기라.
시장 골목 요소요소마다
재단사 미싱사 시다 할 것 없이 근로자들이 모여 서서
신문들을 돌려 보며 웅성 웅성 웅성……

"우리도 이제 사람이라, 우리도 인간이라."

모두들 허리를 쭈욱 펴보며 모처럼 활기를 띠는구나.

목격자: 다음날 오전, 당황한 평화시장주식회사 측이 근로자 대표들 올라오라고 해서, 전태일을 비롯한 삼동친목회 대표들이 들어가서 당당히 근로 조건 개선 사항을 요구했습니다.

전태일: "작업 시간은 오전 9시에서 오후 8시를 초과하지 않도록 해주십시오. 휴일은 정기적으로 매주 일요일마다 쉴 수 있게 해주십시오. 작업 시간을 어기는 업주는 노동청에 고발 조치하겠습니다."

회사측: (불편한 듯) "마, 한꺼번에 들어주긴 어려우니, 기다리면 하나씩 시정해주도록 하지."

목격자: 하나마나한 말이라, 다들 사무실을 박차고 나왔지요. 그러자 시청 근로감독관이 와서 협박인지 변명인지 늘어놓다 가고, 때 아닌 짭새들이 기웃거리더니 이번엔 노동청 근로기준국장이란 자가 나타났어요.

기준국장: "너희들 깡패모양 직업 없이 돌아다녀서는 진정 사항 들어줄 수 없다. 취직을 하도록 해라. 그러면 일주일 이내로 다 개선시켜주겠다."

목격자: 그 약속을 믿고 기다렸는데 일주일이 지나도 감감무소식이라. 전태일이 10월 20일 국정감사 날 노동청 정문에 가서 데모하는 계획을 내놨습니다. 그런

데 바로 전날 근로감독관이 어떻게 알고 불쑥 나타난 거예요.

감독관: (당황한 기색, 그러나 교활하게) "전 회장, 도대체 왜 이러나? 국정감사 때 시끄럽게 하면 죽도 밥도 안 된다는 걸 몰라? 국정감사 끝날 때까지만 기다리게. 자네들 요구 사항 일사천리로 처리해줄 테니까."

목격자: 전태일이 고민 끝에 노동청 앞 데모 계획을 전격 취소했지요. 그런데 국정감사 끝나고 한참 지나도 또 소식이 감감인 거예요. 전태일이 강력하게 항의를 하러 갔는데. 이 자가 안면 싹 바꾼 겁니다.

감독관: "이봐 전태일, 세상이 그렇게 호락호락한 줄 알아? 그만 포기해. 노동운동 그런 건 빨갱이들이나 하는 짓이라고…… 알았어? 나가봐."

목격자: 거듭되는 협박과 회유에 분개한 전태일과 삼동회원들이 10월 24일 오후 1시에 평화시장 국민은행 앞에서 데모를 하기로 결의를 했지요. 그런데 24일 점심 때가 되자 입구에 형사들이 먼저 쫙 깔려 있는 거예요. 알고 보니 정보계 짭새한테 속은 거지요.

형 사: (손가락으로) 어이, 전태일. 그만 해산하고 이리 올라오라고!…….

전태일: (굳어진 표정) 2층 평화시장주식회사 사장실에 올라
　　　　 가니 삼동 상가 업주들이 다 모여서 기세등등하게
　　　　 앉아 있더라구요. 회사, 노동청, 경찰이 다 한통속이
　　　　 었어요.
형　사: '이봐, 전태일이. 아직도 정신 못 차리나? 망둥이가
　　　　 뛰니까 꼴뚜기가 뛴다고, 데모? 데모 좋아하는 놈들
　　　　 다 빨갱이야. 너 빨갱이 되고 싶어?

14. 근로기준법 화형식 – 전태일의 분신焚身

〈아니리〉

　회사측과 노동청, 거기다 경찰에까지 돌아가며 기만당한
삼동친목회 회원들은 한편으로는 분개하고 한편으로는 좌
절했지. 침체된 분위기에서 회의를 한 결과 11월 13일 오후
1시에 다시 데모를 하기로 의견을 모았는데, 전태일이 뜻밖
의 제안을 한즉, "노동자들 인권을 보호하지 못하는 이
껍데기 '근로기준법'을 불살라 태워버리자." 화형식을 하면
사람들이 관심 갖고 언론이 주목할 수 있을 것으로 다들
기대했다더라.

11월 13일이 다가올수록 태일의 마음이 요동을 치는디, "대학생 친구가 하나만 있었으면……" 하는 생각이 굴뚝같았다더라. 그즈음 어머니는 천우신조로 앞은 좀 보이는데 태일의 거동이 왠지 수상한지라 불안한 마음이 들거날, 꿈도 뒤숭숭하고……. 방에 놓인 근로기준법 책이 눈에 띄자 저 책 때문에 뭔 일이 날 것 같은 불길한 예감에, 부엌에 있는 빈 솥에다 책을 숨겼것다.

11월 12일, 거사를 하루 앞둔 날, 아침이 되었는디,

〈진양조〉
내 아들 태일이가 영원히 떠나는 날
그 아침이 그날이었네.
태일이 새벽부터 일어나더니
정성스레 세수를 하고,
거울 앞에서 머리를 빗고
무엇인가를 찾는구나.
온 방안을 이리저리 뒤지다가
"어머니, 여기 근로기준법 책 못 봤소?"
어머니 "올 것이 왔구나."
시치미 뚝 떼고 내색을 않거날

태일이 불같이 화를 내어

"어머니, 내일 그 책이 꼭 있어야 돼요."

어머니 하는 수 없이

솥에 든 책을 꺼내주었네.

태일이가 그 책을 받아들더니

아침밥도 드는 둥 마는 둥 일어나서는

안 입던 낡은 바바리코트 걸쳐 입고

근로기준법 책을 성경처럼 옆에 끼고

다시는 못 올 길을 영원히 떠나갔네.

〈아니리〉

집을 나간 태일은 삼동회원들과 함께 데모에 사용할 구호를 정하고 현수막을 만들었지. 준비 다 마쳐놓고 그날 밤은 삼동 친구 단칸방에서 보냈것다.

다음날 1970년 11월 13일. 하늘은 먹구름이 잔뜩 끼었는데, 태일이 화형식에 쓸 석유 한 통과 라이터를 구입해서 평화시장에 가보니 경찰들이 벌써 깔려 있거날, 언론사 기자들은 별 기대 안 하고 근처 찻집에 앉아 사태를 관망할제, 오후 1시가 되자 수백 명 되는 근로자들이 뭔 구경거리라도 있을 줄 알고 꾸역꾸역 모여들었것다.

〈엇모리〉

태일이 거동 봐라 태일이 거동 봐

삼동친목회 회원들과 플래카드 앞세우고

국민은행 광장으로 당당히 걸어 나간다.

구호를 함께 외치는디

"근로기준법을 지켜라."

"우리는 기계가 아니다."

광장 앞에 엉켜 있던 수많은 인파가

이쪽을 주시할 제,

대기하던 경찰들이 곤봉을 치켜들고

우루루루루 달려든다.

인정사정없이 마구 패고 치고 밟고

플래카드를 잡아채니

종이로 된 플래카드가 갈가리 찢어진다.

구경하던 사람들이 우왕좌왕 쏠릴 적에

태일이 결심한 듯, 태일이 결심한 듯,

건물로 들어가더니,

준비했던 석유통을 번뜻 치켜들어

온몸에다 붓더니마는

근로기준법 책을 껴안고 문밖으로 달려 나온다.

"근로기준법을 지켜라."

"우리는 기계가 아니다."

사람들이 의아하여 놀랜 눈으로 쳐다볼 제,

태일이 거동 봐라, 태일이 거동 봐.

근로기준법 책을 한 손으로 치켜들고

또 한 손으로 호주머니에서 라이터를 꺼내더니

탁! 화악!

불이 확 붙었구나.

불길이 치솟으며 온몸이 갑자기 불덩이에 휩싸이니

사람들 깜짝 놀라 어쩔 줄을 몰라 할 제

전태일 소리친다.

"근로기준법을 지켜라."

"우리는 기계가 아니다."

처절한 외침이 비명처럼 들리거날

태일이 무슨 말을 한 번 더 외치려고 몸부림치다가

온몸이 숯덩이가 되어 그만 쓰러지고 마는구나.

〈아니리〉

태일이가 분신하는 것을 목격한 삼동회원들은 경악과

118

분노에 몸부림치며 "우리는 기계가 아니다!" "근로기준법을 지켜라!" 손가락을 깨물어 피로 쓴 플래카드를 펼쳐들고 시위를 하려다가 긴급 출동한 기동경찰과 혈투를 벌이니, 곤봉에 머리가 깨어지고 구둣발에 짓밟혀 경찰서로 끌려갔것다.

이때여 어머니는 친구의 연락받고 뒤늦게 병원으로 달려온즉, 온몸을 붕대로 감아놓아 시신이나 다름없네. 어머니 두 손을 꼭 쥐고 기도하며 울음을 삼킬 적에, 태일이 잠시 눈을 뜨고 퉁퉁 부은 입술로 힘겹게 말을 하는디,

전태일: 어머니 담대하세요. 어머니만은 나를 이해할 수 있지요? 나는 만인을 위해 죽습니다. 어머니, 조금도 슬퍼마세요. 어머니, 저를 원망하십니까?

이소선: 난 너를 이해한다. 원망하지 않는다.

전태일: 어머니, 내가 못다 이룬 일 어머니가 꼭 이루어주십시오. 나 살리려 애쓰지 말고 내 말 꼭 들어줘요. 어머니, 내 말 들어준다고 대답해주세요.

이소선: 그래, 내 목숨이 붙어 있는 한 기어코 네 일을 이루겠다.

전태일: 어머니, 더 크게 말해주세요. 정말로 내 말 꼭

들어줄 거지요?

이소선: 그래, 정말로 네 말 꼭 들을게.

전태일: (삼동회원들에게) 여보게들, 우리가 하려던 일,
내가 죽고 나서라도 꼭 이루어주게, 아무리 어렵더
라도 절대로 포기해서는 안 되네. 내 말 분명히
듣고 잊지 말게. (벌떡 일어날듯 몸을 움직이며
큰 소리로) 왜 대답하지 않는가?

삼동들: (숙연 비장하게) 하겠네. 꼭 이루겠네.

전태일: (마지막 절규) 내 죽음을 헛되이 말라!
(잠시 정지한 듯) 배가 고프다…….

〈아니리〉

한동안 혼수상태에 빠졌던 태일이 문득 눈을 떠보려다
못 뜨고, 힘없는 소리로 "배가 고프다" 하였다. 배고프다는
말, 스물두 해의 태일이 마지막으로 남긴 말이었다.

15. 전태일의 마지막 편지(유언) — 상여소리

〈중모리〉

어너 어너 어너허 넘자
어이 가리 넘자 너화아 넘

어너 어너 어너허 넘자
어이 가리 넘자 너화아 넘

내 사랑하는 친우여, 받아 읽어주게
친우여, 나를 아는 모든 나여
나를 모르는 모든 나여
부탁이 있네 나를, 지금 이 순간의 나를
영원히 잊지 말아주게, 그리고 바라네
그대들 소중한 추억의 서재에
나를 영원히 간직하여 주게

어너 어너 어너허 넘자
어이 가리 넘자 너화아 넘

뇌성 번개가 이 작은 육신을
태우고 꺾어버린다 해도
하늘이 나에게만 꺼져 내려온다 해도

그대 소중한 추억에 간직된 나는
조금도 두렵지 않을 걸세
두려움이 남는다면
나는 나를 영원히 버릴 걸세

어너 어너 어너허 넘자
어이 가리 넘자 너화아 넘

그대들이 아는 그대 영역의 일부인 나
그대들이 아는 그대들의 전체의 일부인 나
힘에 겨워 굴리다 못다 굴린
굴려야 할 덩이를 그대들에게 맡긴 채
잠시 다니러 간다네, 잠시 쉬러 간다네

어너 어너 어너허 넘자
어이 가리 넘자 너어화 넘

어쩌면 반지의 무게와 총칼의 질타에
구애되지 않을지도 모르는, 않기를 바라는
이 순간 이후의 세계에서

내 생애 못다 굴린 덩이를
목적지까지 굴리려 하네
이 순간 이후의 세계에서
또다시 추방당한다 하더라도
굴리는데, 굴리는데
도울 수만 있다면, 이룰 수만 있다면……

허너 허너 허너 허너허 넘자
어이 가리 넘자 너화 넘

〈중중모리〉
어너 어너 어이 가리 넘자 너화 넘
(내 죽음을 헛되이 말라……)

어너 어너 어이 가리 넘자 너화 넘
(태일아……)

어너 어너 어이 가리 넘자 너화 넘
(내 죽음을 헛되이 말라……)

어너 어너 어이 가리 넘자 너화 넘

(내 아들 태일아……)

어너 어너 어이 가리 넘자 너화 넘

어너 어너 어이 가리 넘자 너화 넘

어너 어너 어이 가리 넘자 너화 넘

(상여소리 점점 멀어져 이윽고 들리지 않는다.)

다락방에서 마당으로 나온 외침

이시백

전태일 열사가 세상을 떠난 지 50해를 맞아, 임진택 선생이 그간 해온 우리의 근대사 창작판소리 열두 바탕에 '전태일 열사'의 삶을 담으려는데, 그 이야기를 써보라 하였다. 몇 달을 끙끙거렸으나, 워낙 소리에는 재주가 모자라 짧은 소설 한 편을 짓게 되었다. 이렇게 하여 임진택 선생의 제대로 된 판소리 대본과 내 엉거주춤한 소설을 묶어, '이야기와 소리로 만나는 전태일'이라는 제목의 책을 펴내게 되었다.

그런 중에 얻은 것이 있으니, 허리도 펴지 못하고 미싱을 돌리던 청계천 다락방의 여공들을 마당으로 불러내어 '우리

는 기계가 아니다'라고 외치게 한 그 정신이야말로, 소리의 근본이요 소설의 원전임을 새삼 절감하게 되었다. 신전과 궁궐을 떠나 저잣거리에서 민초들의 삶을 이야기로 담아온 소설의 원형을 '마당의 외침'으로 전태일 열사가 어떤 문학서보다 더 절실히 보여주었다. 또한 그의 일기와 남긴 말들을 더듬으며 그가 타고난 시인이었음을 절감하여 가능한 한 그의 목소리를 온전히 담아내려 애썼다. 이야기의 뼈대는 조영래 선생의 『전태일 평전』과 전태일의 일기 자료에 의지한 바가 크다.

귀한 글을 주신 이수호 선생님과, 여러 자료와 집필을 도와준 창작판소리연구원의 양정순 님, 어려운 출판계의 현실과 빠듯한 일정 속에서도 흔쾌히 출간을 감당해주신 도서출판 b의 조기조 대표께 감사를 드린다.

ⓒ 이시백+임진택, 도서출판 b, 2020

이야기와 소리로 만나는 전태일

초판 1쇄 발행 2020년 12월 18일

지은이   이시백+임진택
펴낸이   조기조
펴낸곳   도서출판 b
등 록   2003년 2월 24일(제2006-000054호)
주 소   08772 서울특별시 관악구 난곡로 288 남진빌딩 302호
전 화   02-6293-7070(대) | 팩시밀리 02-6293-8080
누리집   b-book.co.kr | 전자우편 bbooks@naver.com
I S B N 979-11-89898-41-0   03810
정 가   10,000원

* 이 책 내용의 일부 또는 전부를 재사용하려면 저작권자와 도서출판 b의 동의를
  얻어야 합니다.
* 잘못된 책은 구입한 곳에서 교환해드립니다.